阅读之前 没有真相

午夜文库

助手的自我修养

陆烨华 著

新 星 出 版 社　NEW STAR PRESS

目 录

1	第一章 "我不!"
67	第二章 "你是不是傻?"
137	第三章 "不愧是我!"
201	第四章 "做梦!"

第一章 "我不!"

1

雨突然变大了。

祝灯灯将卫衣的帽子套在头上,尽量在树下行走,可是路边的这排大树也对这场雨毫无办法,反而由于树叶上累积了大量雨水,一下子砸落下来,祝灯灯不仅被淋湿,还被淋得很疼。

还好离家不远了。

"祝家小馆"亮着灯的招牌就在眼前,祝灯灯一鼓作气,决定在最后阶段进行冲刺。

事实证明这个决定是英明的。到家后,母亲姜千兰说的第一句话不是"为什么没带伞",而是"赶紧去洗澡,裤脚管都脏透了"!

脚踩在湿透的运动鞋里特别难受,祝灯灯穿过一楼的一张张餐桌,走到楼梯口。父亲从厨房探出头来:"灯灯,你回来啦。"

"没有,你看到的是一个冤魂。"祝灯灯有气无力地回答。

"又胡说什么呢。"父亲说,"这么狼狈,赶紧换身衣服下来吃晚饭吧。"

"我在外面吃过了。"

"怎么又吃过了?"

祝灯灯在楼梯上停下,回过头说:"老爸,看电影啊,总要吃点东西的。上面表演中国功夫,我表演中国空腹吗?"

这时,姜千兰走了过来,拦在厨房门口说:"七号桌,糖醋小排,西湖醋鱼。你让灯灯先去洗澡,要不感冒了怎么办,你怎么这么爱偷懒呢?"

"马上、马上。"父亲朝祝灯灯做了个委屈的表情,把头缩了回去。

姜千兰对祝灯灯说:"洗完澡换好衣服赶紧下来啊,不等你吃饭的。"

"本来就不用等。"

"要不是你回来这么晚,本来是不用等。"姜千兰叉着腰说。

"我刚跟爸说了,我在外面吃过回来的。"

"听到了,电影院嘛,爆米花、薯片,还能吃什么,这叫正经晚饭吗?"

"还有炸鸡。"祝灯灯补充道。

"怎么又吃炸鸡!说了多少次了,外面饭店里的炸鸡不干净,你爸做的不好吃吗?"

"本来想带我同学回来吃的。可同学说,她妈妈说了,外面饭店里的炸鸡不干净。"

祝灯灯摆摆手,转过楼梯转角,消失在母亲的视线中。

姜千兰叹了口气,不甘心地喊道:"等你啊,一起吃晚饭。"

楼上传来一声"我不",然后是关门声。

要在这个暑假,做一件以前从来没做过的事情!

两个月前,祝灯灯给自己定下了这个目标,并且对此充满期待。冲澡的时候,祝灯灯回忆今天做了些什么事,发现无非又是逛街、发呆、闲聊、吃饭、看电影……

这意味着今天和过去两个月的大部分时间一样,是在无所事事中度过的。这让她有了一些愧疚感。

不过洗完澡,换上干净舒适的家居服,走进卧室躺在床上的时候，她的思维仿佛随之苏醒。

——无所事事地度过三个月，不就是以前从来没做过的事情嘛！

不愧是我！祝灯灯兴奋得都不想再犯懒了。她下床，走到卧室角落的玻璃缸前。

祝灯灯用手指敲了敲玻璃缸，说："聪聪，笨笨，你们今天怎么样？"

其中一只乌龟慢慢转过头，看了她一眼，但是没有回答。

"笨笨，你呢？"祝灯灯对另外一只乌龟说。

当然，这只乌龟也没有回答。

"你是不是从昨天开始就保持这个动作了？"祝灯灯想到一件事，笑了下说，"我今天在商场看到一个人，身上涂得像铜像似的，站在那儿一动不动，但我知道他是真人，在搞行为艺术呢。我就和我同学在那儿盯着他看，看了老半天，那人肯定不想认输啊，动作做得更标准了，那股认真劲都让我开始反思人生了。结果我同学问我'你爱看这个？'，我说没有，我想我家乌龟了，它也经常一动不动老半天。哈哈哈，后来我们就逃进电影院了，那人被检票员拦了下来。"

说完，祝灯灯又小声敲了两下玻璃，算是打过招呼。然后她从床头捡起一本新买的小说，把枕头往上摆，选择了一个最舒服的姿势，靠在上面开始看书。

这是一本侦探小说，祝灯灯之前并不常看这类书籍，这本书吸引她的点是作者不愿意透露身份。她也是看了简介才知道，这种作家有一个固定称呼——蒙面作家。

看了几页她就明白作者为什么不愿意透露姓名了。考试做不出来题的时候，她也想不写名字就交卷。

当然了,这只是祝灯灯的共情和联想,她的成绩一直名列前茅,从来没有交过白卷。

"灯灯!"楼下传来母亲的叫喊声,"弄完了吗?吃饭了!"

祝灯灯把书合上,深吸了一口气,用响亮的声音回应道:"你听到我的声音应该清楚我现在有多饱吧——"

"你再不下来,我就端着饭菜去你房间咯。"

听到这句话的十秒钟后,祝灯灯出现在了楼下。

"这才对嘛,不吃饭怎么行?"姜千兰露出欣慰的表情,"你坐吧,我去端菜。"

祝灯灯环视一圈,现在快晚上十一点了,饭店准备打烊,已经不招待新来的客人。不过还是有一个客人坐在角落的位子上,拿着一本笔记本在看,不时还在上面用笔记录着什么。他的面前是完全没有动过的西湖醋鱼和小排。

"我来帮忙吧,你们辛苦一天了。"祝灯灯走进厨房说。

"你吃就行了,别添乱。"姜千兰两手各拿一盘菜,拒绝了祝灯灯。

祝灯灯很不开心,好心帮忙不但没一句感谢,反而还被说添乱。在父母的眼中,自己是个连端盘子都不会的小孩子。可是这样的自己,下个月就要一个人去国外上学了,真是很矛盾。不过她习惯了,和往常一样,没有顶嘴,心里消化掉之后,默默退出厨房。

抽了几张纸巾,把餐桌擦了一遍后,她坐了下来,母亲这时也把菜端上了桌。

"都是你爱吃的菜,多吃点。"母亲说着,开始给祝灯灯盛米饭。这时,父亲祝伯彬也出来了。

祝灯灯实在是一口饭都吃不下,她刚才其实隐瞒了关键内容,从电影院出来后,她和同学又去吃了一顿火锅。不过这种事,就没必要主动说了。

"怎么不吃?"祝伯彬夹了一块肉到祝灯灯碗里。

"我真的不饿。"

"不饿,就是还没饱,还能吃。"姜千兰瞪着眼珠说道。

"对不起,我口误了,饱了,我真的太饱了。"

"你在外面吃什么了,这么饱?"

祝灯灯告诉自己不要慌,洗过澡了,火锅味全没了。

"就……电影不错,精神食粮吃饱了。"

"明白了。"姜千兰说,"精神食粮吃饱了,那耽误不了你吃物质食粮。来,吃。"

"不对,我……"

祝灯灯不知道该怎么说了,她平时算得上伶牙俐齿,甚至可以说很"毒舌"。但唯独和母亲,每次言语交锋她都占不到便宜。无奈之下,祝灯灯只好把话题抛给父亲:"老爸,老妈以前是辩论队的吗?"

"呵呵。不是,因为对方辩友中没有她亲生女儿。"祝伯彬说完,埋头吃饭,算是挂起了中立旗帜。

祝灯灯拿起筷子,选择了看起来最无害的青菜,送进嘴里咀嚼起来。但是青菜里面放了不少油,而且咀嚼了几下之后,祝灯灯还尝到了糖醋小排和西湖醋鱼的味道,她赶紧咽下了肚。

"都串味了。"祝灯灯把筷子放下,感觉胃里的食物已经堆积到喉咙口了,"老爸,你做完菜不洗锅的吗?"

"洗啊,怎么不洗。"

"我都吃出糖醋小排味儿了。"

"哦,那没洗。"

"你刚不是说洗了吗?"

"我是说,做完菜洗,这不还没做完嘛。"

"一天就洗一次锅啊你!太恶心了。"

姜千兰埋怨祝伯彬道:"你呀,别和她开玩笑了,她现在嘴巴这么皮都是你惯出来的。"

"我嘴巴哪里皮——"

祝灯灯还没说完,就被姜千兰打断:"别听你爸瞎说,做完每道菜都洗锅的,不然你没意见,客人还有意见呢。不过糖醋小排是招牌菜,你爸一天要做几十次,锅子都是糖醋味的了,你从小吃到大,又不是第一次知道,怎么就今天有意见?"

祝灯灯重申道:"好吧,我爱糖醋味的青菜,但是今天我实在是吃不下了。"

"看完电影又吃过东西了吧。火锅?"姜千兰一击命中。

"不是吧,我都洗过澡了呀。"

姜千兰哼了一声:"洗澡可洗不掉你的毛病。"

"吃火锅怎么是毛病呢?"祝灯灯不服,"火锅多好吃啊!唉,老爸,你怎么当初不开个火锅店呢,这样我天天回家吃饭。"

"整天吃火锅多不健康啊,你都快出国了,以后想吃你爸做的菜都吃不到,还不珍惜。"

"火锅不健康,我们这会儿吃饭也不健康啊。"祝灯灯说,"现在都几点了,我们才刚吃晚饭。"

"开饭店本来就要和人家吃饭时间错开的。"姜千兰说,"再说了,又不是第一天这样,有规律就行了。你要是去了国外,这个点你们那儿也是晚饭时间。"

"老板,买单。"角落里的客人喊道。

"来了!"

祝伯彬用纸巾擦了擦手和嘴，站起身，朝客人走去。祝灯灯往那边瞟了一眼，看到桌上的菜纹丝未动。

祝伯彬走到客人跟前，看了看桌子，问："要不要给您拿打包盒？"

"不用了，多少钱？"

祝灯灯凑到姜千兰耳边，小声说："老妈，看到没，那人点的菜一口没吃。"

姜千兰镇定自若地说："外面吃了火锅呗。"

"跟你说认真的呢。刚吃完火锅还来下一家饭店？太奇怪了吧。"

"只要付钱，对我来说就不奇怪。我管他吃不吃呢。"

"那你怎么管我吃不吃？"

"废话，能一样吗？"姜千兰瞪了祝灯灯一眼，"他叫我妈吗？"

客人走到门口，突然停下，叫了一声："妈！"

祝灯灯吓了一跳，然后她看到门口走进两人，一个年轻女性搀扶着一个颤巍巍的老妇人。

"妈，我还以为你不来了呢。"客人赶紧上前，从另一边搀扶住老妇人，然后对祝伯彬说，"老板，我继续吃，再加两个菜。"

祝伯彬为难地说："不好意思啊，我们打烊了。"

客人突然变脸，高声说道："你知道她是谁吗？"

"不……不知道。"

"她是……"

"我是她妈。"老妇人突然说道。

"哦哦……有所耳闻。"

祝伯彬回过头看向姜千兰，姜千兰站起身，边走边说："抱歉客人,我们真的打烊了,要不这样,您刚才点的两道菜没动过,我给您打包,您去旁边找家饭店,商场那边有一家火锅店,特好吃。"

"火锅不健康,我们不爱吃。"客人还在坚持。

老妇人对姜千兰、祝伯彬笑了笑,说:"没事,不用管他,是我来晚了,下次我赶早。"然后对旁边的年轻女性说,"走吧。"

说完两人正要出门,那名男客人却着急地拦住说:"别啊,妈,难得来一次,你先坐,我来处理。"

客人对姜千兰说:"老板娘,所有的菜,我付双倍价钱。行吗?"

姜千兰说:"这不是钱的事。"

"三倍。"

"……主要是我怕小店不合您口味,老祝,赶紧开锅!"

姜千兰安排三位客人坐下,祝伯彬戴上围裙又钻进了厨房,经过祝灯灯的时候,祝灯灯对父亲说了句:"多放醋。"

然后她看向老妇人,发现老妇人笑着朝她点了点头。

姜千兰重新坐回祝灯灯身旁,看了一眼桌上的菜,说:"一口没动?"

祝灯灯说:"我也等我妈呢。"

"现在你妈来了,赶紧吃。"

"再等等我爸。"

"别贫了,你身在福中不知福,你看你爸,都饿半天了,饭吃两口又得回去工作,钱难赚啊。"

"三倍啊,这还难赚?"

"切。"姜千兰吃了口菜,不自觉开心地笑了起来,"对了,你刚跟你爸说什么?"

"我让他多放醋。那老婆婆看着很爱吃醋。"

"怎么看出来的?"

"儿子为了等她,别的都不敢点,就点了糖醋小排和西湖醋鱼,可见多放醋是不会错的。"

"观察挺仔细啊。"

"没瞎而已。"

"那你说说,儿子为什么等她?那个年轻女性又是谁?"

祝灯灯思考了下,说道:"应该不是老人的女儿,看那个规矩的样子,更像助理、保姆或者随身医护人员。不过大概率可以排除医护人员,老人大半夜冒着雨还出来吃东西,我小声说的话她也能听到,说明身体很健康。儿子等她应该是有求于她,很有可能和钱有关,要不然也不会付三倍的饭钱。"

姜千兰点点头,接着问。

"那老人看着是挺有气质的,像有钱人。不过儿子问她要钱,为什么非得来饭店等她?这种事家里说不是更方便?"

"他们应该不住在一起,而且可能很久都没见过了。"

"你怎么知道?"

"坐在那儿干等半天,菜都不敢动,也不打电话沟通,你说这对母子能亲密到哪里去?看着就特疏远。而且刚才也说了,他点菜只敢点两个带醋的,说明他其实并不知道老人现在爱吃哪些菜,只是凭借遥远的记忆,知道母亲喜欢吃醋。这么笼统的记忆,少说五年没见了吧。"

姜千兰笑了。"说得跟真的似的。"

"我聪明吧?"

"你浑身上下就一张嘴聪明。"姜千兰指了指桌上的菜,"那还不好好照顾它?"

"又来了……"祝灯灯举起双手,做出投降的动作。

母女俩说话的时候,祝伯彬给客人上了新点的菜,随后从厨房又拿出一盘地三鲜,端到祝灯灯面前。"灯灯,你最爱的地三鲜。"

浓郁的香味钻进祝灯灯鼻子,她看着泛着油光的土豆,败下阵来。

"老爸,你太坏了,知道我抵挡不了这个。"

看到祝灯灯主动夹菜吃,祝伯彬朝姜千兰挑了挑眉,面露得意之色。

分针和时针重合在十二点时,"祝家小馆"送走最后的客人。外面的雨已经停了,街头看不到其他行人,最后几盏灯也逐渐熄灭。夏夜的晚风不知从何处吹来,穿门而过,轻抚着祝灯灯的长发。

祝灯灯打了一个饱嗝,感受到一阵舒爽,随即反思自己,又过完了平凡无奇的一天。

2

打开台灯,摊开日记本,祝灯灯想在睡觉前记录点什么。

可是想了半天,也不觉得有任何事情值得被记录。她看到上一次写日记是两周之前,内容只有一句话:从明天开始,做点什么。

活了二十多年,这是她第一次没有任何目标地度过一段时间。以前,不管目标有多困难,她都能一一完成,不管问题有多复杂,她都会交出完美答案。但是,从没遇到过这样的事——没有问题,没有目标。

如果当初选择保研，不管是在本市还是周边城市，似乎这个暑假都还能找到一些事可以做，但那个时候不知道怎么想的，她毅然决然选择了出国留学。那个国家祝灯灯之前没去过，一切都很陌生，陌生到不知道该如何准备。也许利用这个暑假再把英语口语提升一下是个不错的选择，但具体提升到什么地步呢？又回到了老问题，没有明确目标。

祝灯灯做决定很快，也几乎不会后悔。除了这个时候，让她觉得时间在白白流逝。

不早了，但她毫无睡意，一个晚上吃了太多东西，现在反噬的后果出现了，她感觉有点反胃、恶心。

祝灯灯合上日记本，站起来想要活动一下。她转过身，眼前突然冒出来一张胖乎乎的脸，对方的鼻尖几乎贴到她的鼻尖。

"啊！"

祝灯灯本能地往后退，她一屁股坐在椅子上，胳膊肘撞上了桌子，瞬间又酸又麻，几乎要逼出她的眼泪。

那张胖乎乎的脸也向后退了两步，祝灯灯这才看清楚那是一个三十岁左右的男人，体形微胖，脸很圆，此刻那张脸上挂着疑惑且惊恐的表情。他穿着一条黑裤子，上身是一件所有纽扣都牢牢扣好的白衬衫。

祝灯灯这才意识到自己房间里突然多出来了一个人，她大声叫喊道："啊！老爸！老妈！"

那个胖子更加惊慌失措了，他不断往后退，直到退到两只乌龟居住的玻璃柜前。与此同时，他眼睛直直地盯着祝灯灯，紧张地说："你……你是谁？这是哪里？"

胳膊的酥麻感渐渐消退，祝灯灯与胖子彼此对视，开始用眼神交流、质询、打探、对峙。很快祝灯灯就发现这对她不公平，因为那胖子的眼睛实在太小了!

祝灯灯抓起桌上的水笔,有了防身的东西,她感觉安心不少。这支水笔是她目光所及的范围之内最具杀伤性的武器。

——想到这一点,她又没那么安心了。

"你是谁?"祝灯灯见对方主动后退,而且没有攻击的意图,逐渐镇静下来。

"你是谁?"胖子反问,"我为什么会出现在这里?"

胖子也比之前冷静了不少,以这个适应能力,他可能很快就要把这里当自己家了。

"你为什么会出现在我的房间,我也想知道啊!"祝灯灯说。

"这是你的房间?"胖子问。

"本来我很确定。"祝灯灯说,"现在开始动摇了。"

"这是哪里?"

"我家……吧。"

"不是,我是问,这是哪里?哪个城市?具体哪块区域?"

从不把家庭地址告诉陌生人的祝灯灯把家庭地址告诉了陌生人。

胖子想了想,说:"不认识,没去过。"

"你应该用'来过',而不是'去过'。因为你现在已经在这里了。"祝灯灯纠正道,"好了,你已经问了我一个问题,现在轮到我问你了。你是谁?"

"咳咳,听好了,我是周一非。"胖子似乎说了一个了不起的名字。

"没听过,具体是谁?"

"这是另一个问题了,现在轮到我问——"

"等等!"祝灯灯打断道,"你刚才也是这么问的:这是哪里,具体是哪里。所以你必须回答我这个问题。周一非是谁?"

"好吧,我只妥协这一次,小姑娘……怎么称呼?"

"祝灯灯——喂!你怎么耍赖呢!"

周一非像什么都没发生过一样,面不改色地说:"祝灯灯,你听好了,我叫周一非,是一个……常年和侦探打交道的人。"

"罪犯?"祝灯灯瞬间警惕起来。

"不不不。"周一非连连摆手,"我是和侦探站在同一边的,不是对立面。你大概明白我说的意思了吧?"

"警察?"

"不是,我们基本上不需要警察。"

祝灯灯想了半天。"受害者?我明白了,受害者家属!"

"也不是……算了,我告诉你吧,我是一名职业助手。"

"如果我没理解错的话,就是助理?"

"不不不。"周一非不停摇头,"职业助手,主要负责的工作是安排侦探的行程、协助侦探的工作,以及帮助侦探处理对外事务。"

"那不还是助理吗?"

"不,是职业助手。"

"行,助手,那你为什么会出现在这里?"祝灯灯不想在这个无聊的问题上纠缠下去了。

"现在应该轮到我来提问。"周一非严谨地说。

"好吧,那你先问。"

"我想问,我为什么会出现在这里?"

"你是不是傻!"祝灯灯叫道,"这和我的问题有什么区别!"

周一非不为所动,直愣愣地看着祝灯灯,眼神中的警惕已彻底消失,剩下的是迷茫和无助。

祝灯灯没好气地说："你不知道，我不知道，难道指望突然出现第三个人回答这个问题吗？"

话音未落，卧室门"砰"的一声被撞开。

祝伯彬和姜千兰冲进卧室，满脸焦急的神色。祝灯灯看看父母，又看看周一非，发现他比自己还要紧张。

"怎么了，灯灯？"

祝伯彬走到祝灯灯面前，发现女儿眼神失焦，似乎正盯着两只乌龟。姜千兰走向玻璃柜，距离周一非越来越近，却对这个房间中突兀的访客视而不见，还歪着头问祝灯灯："刚才是你叫的吧？那么惨烈，发生什么事了？"

"你们……"祝灯灯一时不知道该说什么，"没发现什么不可思议的事情吗？"

"发现了。"姜千兰说，"你居然这么晚还没睡，真是不可思议。"

祝灯灯这才看到父母都穿着睡衣，想必是从睡梦中被自己惊醒。她提醒道："再仔细看看，这个房间里，没有什么奇怪的东西吗？"

祝伯彬环视一圈，表示什么都没发现。姜千兰说："发现了，聪聪也没睡。"

"哦，那笨笨可能也没睡。"祝伯彬补充道，"它睡着和醒来没什么区别。"

这时，周一非壮着胆子走到姜千兰跟前，在她眼前挥舞着手掌，姜千兰的表情还是没有任何变化。"他们看不到我？他们看不到我！"周一非扭头对祝灯灯说。

祝灯灯眨了两下眼睛，但不敢多眨，生怕错过如此奇妙的场景。

"你们听到有人说话吗？"她问。

"你啊。"

"除了我之外呢？"

"鬼啊？"

祝灯灯呆滞地点了点头，然后她看到周一非鼓起胖嘟嘟的嘴巴，正在往姜千兰脸上吹气，姜千兰的发丝随之摆动。

"哪里来的风，窗户没关好吗？"姜千兰说着，往窗户的方向走去。由于周一非就站在她面前，姜千兰只迈了一步，就碰到了周一非。

接下来，他们两人的身体重叠在一起，有那么一秒钟，就像是从毕加索的印象派画作中走出来的人一样，包括鼻子眼睛都出现在奇怪的地方。但一秒钟之后，姜千兰就穿过周一非微胖的身体，走到了窗边。

"明明关好了啊，怎么回事。"姜千兰再次固定了下窗户的把手，走回祝灯灯身边。

祝伯彬将手掌贴上祝灯灯的额头，过了一会儿，对姜千兰说："有点热。"

祝灯灯说："是你手太冷啦。"

"刚刚为什么大叫啊？"

"我……做了个噩梦。"祝灯灯心里想，可能到现在还没醒。

"醒来发现自己坐在椅子上？"姜千兰表示怀疑。

祝灯灯摊了摊手，没有说话。

父母两人对视了一眼，慢慢走回卧室门口。祝伯彬说："好好休息吧，别太紧张了，不就是出国嘛。"

"在欧洲叫，我们是听不到的哦。"姜千兰言语中颇为得意，"赶紧给我睡觉。"

父母带上房门后,祝灯灯对着门喊了一句"下次进来先敲门啊"。

房间内终于又只剩下祝灯灯一人——以及一个不知道是人是鬼的东西。这次两人都没有抢先说话,不过祝灯灯知道,他们心里想的应该差不多。

最后,还是周一非先开口了。

"灯灯。"

"我们很熟吗?"

"我是说……等等。"

"你赶紧说吧,还等什么。"

"就在刚才,有一些回忆跑到了我脑子里。"周一非扶着脑门,"我,好像已经死了。"

祝灯灯有气无力地说:"这需要回忆吗?一猜就猜到了。"

3

"我独自一人在走廊上,走廊深处有好几个房间。对了,地毯是红色的,我房间门口没有地毯,所以我不是要回自己的房间,而是准备去拜访一个人。然后……我在一扇门前停了下来,我记得还敲了敲门。"周一非一边回忆一边用手做出敲门的动作,"然后……我的脑袋受到了剧烈的冲击,倒在地上,先是脑袋刺痛,随后是全身爆炸般疼痛,再接下来就两眼一黑,失去了知觉。过了一会儿,我坐了起来,回过身看到自己的身体就躺在红色地毯上呢,而刚刚杀害我的凶手就站在我的面前,我站起来,盯着这个人的脸……忽然又一次失去了知觉。再次醒来,就出现在这个陌生的房间里,看到你正对着一本笔记本束手无策。"

"哪里束手无策,我当时在思考!"

"行吧,就当你在思考。不重要。"周一非悲伤地说,"反正我临死前的记忆就这么多,所以我敢肯定,我死了。"

"你说你看到凶手了?"祝灯灯问,"你认识吗?"

周一非双眼无神地发了一会儿呆。"想不起来了,明明我看到那张脸了。可是长什么样子,是不是我认识的人,一点都想不起来。"

说到这里,周一非双手捧着脑袋,使劲摇晃着。祝灯灯本来还想吐槽一句,可看到他这么痛苦的样子,觉得现在不是开玩笑的好时机,下次加倍奉还吧。

"那你还记得你遇害的地点有什么特征吗?我可以给你上网查一下,红色地毯?墙上呢?门上有什么装饰?"

"黄金馆。"周一非说,"那个地方叫黄金馆。"

"原来你知道!这么重要的信息为什么不早点说!"祝灯灯生气地说,"你是不是傻?你应该在一开头就说时间地点人物三要素的!"

"时间是……今天是几号?哪一年?"

"看来你什么都知道。"祝灯灯无力地说:"你别管现在几号,直接说你遇害的日子。"

"二〇二〇年,一月九日。晚上十点多。"

"这种无关紧要的事情你倒记得很精准!"

"我去走廊前刚看过大厅里的时钟。"周一非说,"现在是几号?"

"现在是八月九日。"祝灯灯重新打量周一非,然后说,"啧啧,看来死得挺惨啊,大半年了,还阴魂不散。你说的黄金馆是什么地方?"

"是我们家老师的别墅。"

"你们家老师是什么意思？名字这么厉害，却是个学生宿舍？"

"不是，你不懂。我们家老师是非常厉害的侦探小说作家，我是他的助手。所以平时生活在一起。"

"你等一下啊。"祝灯灯发现了漏洞，"你不是说你是给侦探当助手的吗？怎么没过一会儿又变成侦探小说作家的助手了？"

"伟大的侦探小说作家，本身也是伟大的侦探。"

"我对你们这行不太了解，所以你老板有两份工作？"

"一份，侦探小说作家，但也可以说他是最伟大的侦探。而且，是老师，不是老板。"

"给你发工资，不就是老板吗？"

"不发工资。"

祝灯灯沉默了两秒，说："你确定自己不是自杀的？"

"我为什么要自杀？"

"你白工作没工资，这怎么活？"

"老师给我饭吃，给我居住的地方，就够了。而且，成为老师的助手是我的荣幸，多少人打破头竞争这个名额呢，我多么幸运！"

"算了，你的生活，和我没关系。"祝灯灯说，"我总结一下，你和一名侦探小说作家生活在一起，是他的助……手。你们平时居住生活工作的地方是小说家的私人别墅，名为黄金馆。今年一月九日晚上十点多，你在黄金馆的某扇门前，被人击打头部致死。没错吧？"

"没错。"

"好，那我来问一个最关键的问题。"

"请说。"

"这一切跟我有什么关系?!"

周一非再次确认四周,然后说:"一点关系都没有。"

"那你为什么会出现在这里!"

"缘分吧。"

"我快吐了。"祝灯灯说,"大哥,我今晚吃得有点多,我说要吐了,并不是修辞手法。既然我跟你没关系,请你离开这里好吗?我就当做了一个梦。"

周一非犹豫了一会儿,说:"我不走。"还没等祝灯灯开口,又补充道,"你帮我找出凶手。"

"做梦!我不!凭什么!"祝灯灯十分激动,想表达内心的愤慨。

"因为别人看不到我,听不到我说话,只有你能帮我。有没有道理?"

"有道理。但是有道理的事情就非得去做吗?"祝灯灯说,"麻烦你去外面找找别人吧。我知道一定是我内心纯洁、头脑聪明才能看到鬼魂的,我现在知道错了。我还年轻,可以变坏的,不晚吧?"

"不一定。"

"什么不一定!我就是内心纯洁、头脑聪明!"

"我说,不一定是因为这个原因,你才能看到我。"周一非态度严谨地补充道,"前提是,你真的内心纯洁、头脑聪明的话。"

祝灯灯不想与他讨论这个话题。"那你说,还能因为什么原因?"

周一非思忖片刻,说:"你今天晚上做过什么特别的事吗?"

"遇到你之后,感觉什么事都很平庸。"

"没想到你觉得我如此特别。"

祝灯灯看到周一非脸变红了,不过她不打算继续跟他贫下去,毕竟当务之急是想办法解决掉这个麻烦。

"今天我淋了一场雨,感觉很难受。"

"不是这个。"

"没有淋雨,你也让我感到难受。"

"反正和淋雨没关系,再想想。"

"你怎么这么肯定?除了淋雨我确实也没做过别的什么……等一下,你不会知道答案吧?"祝灯灯发现不对劲,周一非连考虑都没考虑就否定了自己的猜测。

"没错,我想我知道答案。"

"那你在这浪费什么时间呢!"祝灯灯生气地说,"你死了我没死啊,我的生命是有限的知道吗!"

"好了好了,你这小姑娘伶牙俐齿,我就是想逗逗你。"周一非说,"我问你,你刚才是不是吃了地三鲜?"

"你看到了?你到底出现多久了?"祝灯灯感到背后发凉。

"我没看到,我只是能感受到。"周一非摸了摸凸起的肚子,说,"就好像是我吃的一样。"

祝灯灯盯着周一非的手在肚子上揉了几圈,一下子有点没反应过来。

"你听明白了吗?吃饱之后再吃下肚的食物,已经无法再给你带来能量,于是就转移给了我,所以我才会出现。你刚才是不是说你今晚吃得有点多,都快吐了?"

祝灯灯终于明白了。

"这么想来,我还真的是第一次吃这么撑,地三鲜端上来的时候,我已经吃不下任何东西了,结果硬是又吃了一顿。"

"那一顿，就是为我而吃的。"周一非说。

"我爸知道了得多伤心啊……"祝灯灯喃喃自语道。

"感谢你的暴饮暴食。"

"以后不了。"

"对了，你有烟吗？"周一非突然问。

"我没有！你要干吗？"其实祝灯灯知道他要干吗，但她还不太能适应周一非现在这个状况。

"我想抽烟。"

"好啊，去吧。慢走。"

"别逗了，你知道我办不到。"周一非说，"你帮我抽一根。"

"凭什么！"

"你吃东西，就等于我吃东西。"

"我现在不想吃任何东西！"

"抽烟不是吃。"

"你好烦啊，我不抽烟，我甚至不爱闻烟味，你就别做梦了。"

周一非舔了舔嘴唇，然后露出谄媚的笑容，朝祝灯灯走了两步，说："想知道吃完饭之后最舒服的是什么吗？"

"是一个人待着。"

"不，是抽烟。历史上最伟大的侦探福尔摩斯，整天叼着烟斗，你要向那些伟大的导师学习。"

"我不！"

祝灯灯说得十分坚决，周一非终于让步了。

"好吧，那边有一包薯片，你能拆开吃吗？"他指着书桌角落说。

"我不饿。"

"我饿啊。"

"你那是馋！你以为我不知道吗？"祝灯灯想终止这个话题，"好了，不早了，我要休息了，你应该能穿墙吧？我不想给你开门，即便是送你走。"

"可我真的好饿啊……"祝灯灯无从判断周一非脸上的难受和悲伤是真的还是装出来的，"而且，我能去哪里呢？"

"去你的黄金馆，去你的侦探，爱去哪里去哪里。"

周一非听完这句话，忽然垂下脑袋，不再说话了。祝灯灯一开始为这难得的安静感到高兴，可是过了一会儿，看周一非还是一脸沮丧的样子，她又感到一丝于心不忍。

"怎么了？不爱听了？"但祝灯灯的口气还是没有软下来，"或者你去找个经常吃撑又爱抽烟的人去，总好过现在我们两个都难受。"

周一非缓缓抬起头，气若游丝地说："我在节省体力。"

祝灯灯不解。"你都不是人了还有什么体力？"

"我感到很虚弱……我好饿……"

"少来这套。"

祝灯灯第一次碰到这么死皮赖脸的人，鉴于周一非不是人，应该说祝灯灯还没碰到过这么死皮赖脸的人。她素来性格直爽，说话做事从不拖泥带水。今天因为一时好奇而与周一非纠结了这么久，已经算违背她的人生准则了。

"服软求饶对我没用啊。你要是觉得在这儿待得不爽，还不如爽快点，从我面前消失。"

祝灯灯话音未落，周一非就像一个被戳破的肥皂泡一样，不见了。

爽快过头了吧。

祝灯灯想着，在房间里四处找寻周一非的身影。"喂，你人呢……我是说，你鬼呢？"这话说得她自己都别扭，索性轻声叫起名字，"周一非，周一非！"

卧室并不大，叫了两声，看了一圈，祝灯灯就已经确定，周一非是真的不见了。

走了？还是能量耗尽了？

不管怎么样，祝灯灯心想，那盘地三鲜的热量是"肉眼可见"的很高啊。

刚才周一非在的时候，祝灯灯盼望他赶紧离开，可真的消失之后，她又感受到一种难以言说的失落，她心里清楚这是人类的惯性。

当一个人毫无征兆、不打招呼地突然离开，同伴就会出现这种心情。事实证明，在鬼身上也通用。

祝灯灯走到书桌前，拿起角落里的那包薯片，放在手上掂了掂，出了会儿神，然后又放了回去。

4

祝灯灯醒来的时候已经是上午十一点了。

她不知道昨晚是什么时候睡着的，好像始终没有陷入沉睡，清醒时和梦境里的碎片交替出现。等她洗完脸，梦的内容全都忘记了，只清楚记得那个叫周一非的鬼魂说的每一句话。

他并不是一场梦。

在完全清醒的状态下认识到这一点，祝灯灯的内心却波澜不惊，甚至连情绪都没有受到影响，没有开心，也没有困扰。她很好奇自己为什么会如此镇定，明明之前成绩稍微下滑一点就要崩溃了啊。

　　看来这只能说明成绩下滑真的比见鬼还可怕。祝灯灯努力克制自己不要再想昨晚的事，她如平日一样和两只乌龟道完早安后，下了楼。

　　此刻正是饭点，姜千兰穿梭在热闹的饭桌之间，看到祝灯灯，她在围裙上擦了擦手，说："还好你起来了，我刚准备报警。"

　　"大惊小怪。"祝灯灯跟着姜千兰一起走进厨房，"这个暑假我不是天天都睡这么晚嘛。"

　　"天天都晚起，是你今天也能晚起的理由吗？"

　　祝灯灯承认她说得有道理，无从反驳，只好岔开话题。"老爸在做什么呢？好香啊。"

　　"地三鲜。"祝伯彬卖力地在铁锅中翻炒，头也没回，"这一份刚要出锅，不过不是给你的。帮我拿个盘子来。"

　　祝灯灯刚想动手，姜千兰就抢在她之前将一个干净的盘子递了过去。

　　"正好，我以后不准备吃地三鲜了。"祝灯灯说。

　　祝伯彬装盘装到一半，停下动作，回头看了祝灯灯一眼，说："怎么了？"

　　姜千兰催促道："赶紧的，她不吃你紧张什么，又不是客人不吃。"

　　祝伯彬装好盘，这次祝灯灯抢先接过了盘子，她问："哪一桌的？"

　　"五号桌。让你妈去呗，我给你做早饭，想吃什么？"

　　"咖啡，松饼，再来个炒蛋就更好了。"

　　姜千兰从祝灯灯手里夺过盘子，数落道："你直接做就完了，问她干嘛，净说些家里没有的。"

"家里没有吗？太遗憾了，那我只能出去吃啦！"祝灯灯欢快地宣布。

姜千兰说："老在外面吃，不腻吗？"

"就是腻了才去外面吃的。"

"也不知道你哪句是真的。"姜千兰白了她一眼，端着地三鲜出去了。祝灯灯刚准备跟在她后面离开，却听到祝伯彬说了句："灯灯，那边三号桌空着，你先去坐一下。"

"怎么了？"祝灯灯说，"三号桌是测谎仪？"

祝伯彬笑了。"没有，你先去坐，耽误不了你几分钟。"

祝灯灯眯着眼睛看了父亲一阵，然后满怀狐疑地走了出去。三号桌上摆了个"留座"的牌子，她坐下来，并没发现什么异样。客人们交谈的声音不断传进耳朵，再加上各种香味刺激，祝灯灯的肚子"咕咕"叫了一下。

她皱着眉，心里大骂周一非死了都要浪费粮食。昨晚自己吃那么多，这才过了多久就又饿了。

坐了一会儿，祝伯彬走了过来，在祝灯灯面前放下咖啡和炒蛋。"新买的松饼机我还没研究透彻，刚刚做失败了，你再等等啊。"

"我们家改做西餐了？"祝灯灯掩饰住内心的惊讶，端起咖啡尝了一口，"还不错嘛。"

"隐藏菜单。为了留住老客人。"祝伯彬笑着说，"而且都有机器的，做起来不难。"

"有机器，对你来说才难吧？"

祝伯彬傻笑了几下，抬手看了眼手表。"松饼好了，你等着。"说完一路小跑进了厨房。

很快，姜千兰端着松饼走了过来。

"哟，都吃完啦？"姜千兰夸张地说，"三个蛋呢，真心疼啊。"

祝灯灯嘴巴里都是食物，没有回答。她看着刚摆到桌上的松饼，一共有两大块，冒着热气，看起来非常美味，上面还浇了糖浆。祝灯灯把蛋咽下肚，用叉子叉了一大块松饼送进嘴里，接着发出满足的呻吟。

姜千兰得意地看着她，说："家里的东西好吃吧？"

"和外面差不多。"祝灯灯回答得滴水不漏。

"好吃就全吃了，我洗起来也方便一点。"

祝灯灯本能地点了点头，又叉了一块，可还没放进嘴巴，突然警觉起来。

姜千兰看到祝灯灯突然停下动作，问："怎么了？"

"吃饱了，不能再吃了。"

"就剩半块了。"

"一口都不能多吃了。"祝灯灯实话实说，"再吃会出事的。"

"出什么事？"姜千兰说，"肚子还能撑爆？"

祝灯灯没回答，"肚子撑爆"已经是母亲想象力的极限，她暂时还不想帮她拓宽。

"砰！"

厨房传来爆炸声。

祝灯灯受到惊吓，可看到客人们都只是抬头看了下，然后又平静地享受起眼前的美食。

姜千兰叹气道："你爸鼓捣那个松饼机一上午了，每次做失败都这么大动静。"

"他什么时候买的，我怎么不知道。"祝灯灯放下心来，问道。

"自从发现你每天都出去吃早饭之后。"

"那岂不是买了十几年了？怪不得质量不行。"

"上礼拜刚买的。虽说你不在家吃饭不是一天两天了，但以前你爸根本没放在心上，觉得你还小，在家吃饭的时间有的是。最近开始着急了，昨晚睡觉前还跟我说，一家三口坐在一起吃的晚饭，是吃一顿少一顿了。"姜千兰模仿祝伯彬慢悠悠的口气说道。

"我爸怎么这么不会说话呢，太晦气了。"

"也没说错啊，你还一个月不到就出国了，以后一年也见不着几次。"

祝灯灯沉默地用叉子戳着那半块松饼。

"那他怎么知道我今天要吃松饼？"

"他哪知道，都准备着呗，松饼机只是其中一样。"姜千兰见祝灯灯不说话，接着说道，"你爸说了，不单纯是为了你，他自己接触接触新东西，也挺有意思，你不是最爱接触新东西了吗？解决你的吃饭问题只是顺手的。所以你别有压力，真觉得不好吃就出去吃。"

祝灯灯感到意外，她试探道："老妈，你是在逼我说好吃吗？"

"没有，真心话。反正我说的话你也总有道理反驳，到时候想出去吃还是出去吃。"姜千兰又叹了口气，说，"我想过了，爱吃火锅、想吃日料，就去吃呗，趁还没出国，还能吃到。"

"我是出国，又不是去死。再说了，死了也……有可能吃到。"

怎么又想起这件事了。祝灯灯一边懊恼，一边自我安慰，一定是这段时间太无聊了所致。

"呸,还有脸说你爸,你这更晦气。赶紧吃吧。"姜千兰站起身,又恢复往日强势的样子。她看到门口走进来一个女客人,连忙上前招呼。

"你好,一位吗?没有空座了,不介意拼桌的话就坐这儿吧。"姜千兰示意客人坐在祝灯灯对面。客人走过来之后,祝灯灯觉得她有点眼熟,不过此时她的心思已经飘到了周一非身上,琢磨着一些乱七八糟让她难以释怀的问题。

客人点完菜,姜千兰准备离开时,祝灯灯突然问:"老妈,你听说过黄金馆吗?"

姜千兰脸色一变。"又开了一家火锅店?"

"没事、没事,忙你的去吧。"祝灯灯摆摆手,重新陷入思考。

她发现自己还是对周一非的事很在意。不,与其说是在意,不如说是一种好奇,这种好奇是祝灯灯与生俱来的特质,对新奇的知识、对他人的言行、对世界的未知部分,她总是抱着好奇心去探索,从不因为复杂而退避。从这个层面看,周一非简直是一个完美的样本:他生前是什么样的人,被谁杀了,出于什么理由被杀,为什么会变成鬼魂,为什么会出现在她身边,如果再吃撑他还会出现吗,会伴随一生吗……

祝灯灯稍微一考虑,问题就接二连三地冒出来,不搞清楚简直太难受了。她叉起早已凉掉的半块松饼,心里想着:"你就配吃冷的",吃了下去。

"不好意思,打扰一下。"

坐在对面的女客人忽然朝祝灯灯打招呼。祝灯灯看着她的脸,终于想起来昨晚刚刚见过这个女人。当时,她扶着一位老太太进了饭店,而老太太的儿子在店里等了她们很久。

难怪第一眼没认出来,那个时候祝灯灯的注意力全在老太太和儿子身上,她的存在感较弱,印象中她也没说过几句话。

"嗯,有什么事吗?"

"我听到你刚才说黄金馆?"

"你知道黄金馆?"祝灯灯反问。

女客人露出温柔的微笑,说:"其实我过两天就会去那里。"

祝灯灯没想到她会这么回答,一时间不知道该从哪里问起。"它……在哪里?"

"我也不知道。没有人知道。你是从哪里听说黄金馆的?"女客人问道,"据我所知,知道那个地方的人不多。"

"我是听一个朋友说的。"

"哦?"女客人似乎来了兴致,问,"你朋友是做什么的?"

"做助理的。"祝灯灯尽量用对方能理解的名词说道,"对了,你说你要去黄金馆,是有什么事吗?"

"我是跟随我的老师去的。"

祝灯灯有一种熟悉的不祥预感。"你不会是……"

"我叫安茜,是一名职业助手。"

女客人介绍自己的时候突然站了起来,朝祝灯灯鞠了一躬。祝灯灯不知所措,也只好站起来,回了一躬。

"啊,你好,我叫祝灯灯,是……"

她想了一圈,不知道该怎么介绍自己的身份,好像没什么可以称道的,总不能说是……

"是'祝家小馆'的千金,我知道。昨天晚上我们见过。"安茜坐下后,看了一眼祝灯灯眼前的盘子,说,"还能享受隐藏菜单。"

"哪里、哪里,普普通通的女儿,千金什么的言重了。"祝灯灯内心很羞愧,"'祝家小馆'只是个路边平凡无奇的苍蝇馆子而已。"

"不,就是千金!"没想到安茜严肃地说,"我们对于'馆',一向是很尊敬的。"

"菜馆也算馆吗?"

"不是算,就是。"

祝灯灯真想夸父亲一声高瞻远瞩,当初没有听母亲的建议叫"祝家大饭店"。

"这个世界上有很多伟大的馆,比如十角馆,比如……唉,我还是看得太少了,不过不重要,重要的是我马上又要去其中一座,也是这个城市最著名的馆——黄金馆了!"说起这个话题,看起来冷静知性的安茜突然情绪亢奋,"而我能去,全都是托了我老师的福。你猜猜我的老师是谁?"

"我猜应该不是教语文的。"

"不!她是!"安茜说,"她教我语文,教我数学,教我看清眼前道路,教我分辨是非善恶,教我领略异想之地,教我看透人心复杂——"

"可以了、可以了。"祝灯灯认为,如果不及时打断,她可能会无限排比下去,"说了这么多,我感觉你老师……像一个手机软件。"

其实祝灯灯本来想说这老师感觉不是人,不过对于陌生人,她说不出太狠的吐槽,只好用"手机软件"代替。她不喜欢这个比喻。

"她不是人!"安茜继续说道,"她是神。"

祝灯灯揉了揉太阳穴。

"伟大的侦探,就是神。你不这么认为吗?"安茜问。

"不知道,我不太了解这个行业。"祝灯灯决定抓住主动权,她问，"这么说，你老师也是侦探？"

"是。我更希望你称她为神探。"

"如果我没猜错的话，她同时还是一名侦探小说作家。"

"看来你对我们行业很了解。"

"我一点都不了解。所以你的老师究竟是？"

"你猜不出来吗？这座城市能被称为神探的，不过五六个人。"

"居然有这么多。"

安茜冷哼一声，道："是的，居然有这么多人可以和我老师并列。在我心目中，这座城市能被称为神探的只有两人。"

"我想其中一个就是你的老师……"

"苏会凌，擅长揭开人性阴暗面的情感大师，伟大的侦探、作家以及导师。"安茜用饱含情感的口吻说道。

"苏会凌，就是昨天和你一起来这里吃宵夜的那位女士吗？"

"不。"安茜纠正道，"不是她和我一起来，而是我随行与她一起来。"

"有什么区别？"祝灯灯有点生气，她发现自己说什么话都会被对方纠正。

"区别太大了！怎么能说出如此大逆不道的话！"安茜义正词严，"作为一名职业助手，自己的名字在任何时候都不能放在侦探前面，这，是身为助手的自我修养。"

祝灯灯觉得安茜的话十分滑稽，但她拼命忍住想要出言讽刺的冲动，在内心自嘲道，这是身为祝家小馆千金的自我修养。

"你刚刚说在你心中一共有两位神探，一位是你的老师苏会凌，那另一位呢？"

"另一位就是黄金馆的主人。"

"是谁？"

"黄金馆的主人啊。"安茜重复道。

"我知道，我想问的是他的名字，还有像你师父一样的……宣传语？"

"他的名字没人知道。别说名字了，就连长什么样子都没有人知道。事实上，他也不用那些宣传语，只需说出'黄金馆主人'这几个字，所有业内人士都会发出惊叹。"

"名字怎么会没人知道？"祝灯灯感到不解，"他们不都是作家吗？总会印名字在书上的。"

"他是蒙面作家。"

祝灯灯突然想起放在二楼的卧室中，正好在看的那本侦探小说，就是蒙面作家写的。

"那他出书是用电脑和编辑沟通的吗？"

"电脑？不可能。"安茜又一次反驳道，"我不知道二流侦探怎么样，但是信奉古典主义的黄金馆主人是绝对不会使用电脑的。我上次去的时候，连手机都被没收了。"

"原来你去过黄金馆啊。"

"对啊，我刚才没说吗？半年前我跟随老师去过一次黄金馆，参加侦探俱乐部的年会。"

祝灯灯没有问侦探俱乐部的年会是什么，让她感兴趣的是另外一件事。

"半年前……差不多一月份？"

"对，一月九日。"

祝灯灯飞速思考着，一月九日那一天安茜跟随她的老师苏会凌去黄金馆参加年会，当天晚上，周一非在某间房间门口被人杀害。也就是说，安茜和苏会凌都是嫌疑人。她不禁用多了一分警觉的目光打量起眼前的安茜。

"你在想什么？"安茜突然发问，"你还没告诉我，是你哪位朋友告诉你黄金馆的事呢。"

"你认识一个叫周一非的男人吗？"祝灯灯决定单刀直入。

"周一非？"安茜思考了一会儿，说，"不认识。"

这个回答出乎祝灯灯的意料，她追问道："那你认识黄金馆主人的助手吗？"

"完全没印象。"安茜这次不假思索地回答，"也不可能有印象。有太阳的地方，你是看不到星星的。"

"呃……"为了不给父母添麻烦，祝灯灯决定不在店里吐。

"对，恐怕那位助手也不认识我。毕竟，我们只是无足轻重的助手罢了。"说这番话的时候，安茜脸上的表情居然是满足和欣喜。忽然，她拍了下桌子，叫道："我想起来了！"

"想起来那个助手是谁了？"

"那个助手是谁不重要。"

"为什么？"

"因为最近黄金馆的主人正在招募新的实习助手。"安茜说，"也就是说，原来的那个助手离开了。真是搞不懂，他明明已经达到了一个助手所能企及的天花板，为什么要离开呢？"

"你说的离开，是指离开那位侦探，还是离开……这个世界？"祝灯灯试探道。

安茜一脸迷茫地问："有区别吗？助手是因侦探而存在的。离开侦探，就等于放弃整个世界。"

祝灯灯感觉很不舒服，眼前这个人的思维简直匪夷所思。但为了多打听一些情报，她只好耐着性子继续问："你刚刚说过几天会去黄金馆，这次是因为什么事情呢？"

"前不久，黄金馆的主人发出邀请函，邀请了几名侦探好友和编辑去黄金馆做客，并且说有重要的事情宣布。我的老师苏会凌当然也在受邀之列。"安茜说，"具体有什么事倒是没说。"

"有可能你老师知道是什么事，只不过没跟你说。"

"可能性很高。"

"你不好奇吗？不会主动问你老师吗？"

"不要好奇，不要多嘴，相信自己的侦探。"安茜笑着说，"这是助手的自我修养，同时也是助手的幸福。"

安茜说完，站起身，叫姜千兰过来买单。祝灯灯这才发现，她们已经坐在这里聊了很久了。

这场对话为祝灯灯打开了一扇新世界的大门，完全激起了她的好奇心。虽然知道了安茜的名字和职业，但感觉她比昨晚更加陌生了。那是一种知道对方不属于自己所认知的世界的陌生。

周一非，也属于那个奇怪的世界吗？

安茜临走前，祝灯灯问了最后一个问题。

"所以……黄金馆到底是个什么地方？"

"黄金馆，名字源于'黄金时代'，是当今世界最伟大的侦探的私人别墅。"安茜陷入回忆中，面带憧憬地说道，"一共有两层楼，二楼是主人和客人的住处。"

"那一楼呢？"

"是一家火锅店。"

姜千兰闻言，抬起头，厉声说："我就知道！"

5

"周一非，出来！"

刚关上房门，祝灯灯就开始吼叫。"你给我出来！"

她环顾四周，房间内没有其他人。玻璃柜里的聪聪似乎难得见到祝灯灯这种态度，爬到了柜旁，脑袋贴在玻璃上盯着她看。

祝灯灯冲到书桌前，拿起薯片，想要撒气一样双手猛一拍，包装袋应声而开。然后她仰着头往嘴里倒薯片，咀嚼了两下就咽了下去。

嘴里塞满薯片，她含混不清地继续叫："周一非，你这个死人，给我出来！"

当那个胖乎乎的身影再次毫无预兆地出现在卧室中时，祝灯灯感到一阵失望——原来真的能吃出来啊。

"太好了！我又活了！"

周一非刚出现就兴高采烈地迎向祝灯灯。

"别碰我。"祝灯灯拿着薯片的手往前伸出，又纠正语病道，"别想碰我。"

"好的、好的，我不碰。"周一非唯唯诺诺地站在原地，不过表情特别高兴，"很高兴再次见到你，灯灯。"

"你高兴得太早了。"祝灯灯把剩下的半包薯片扔到写字台上，"我现在很生气，知道吗？"

"啊……你的表情，你的姿态，你满怀心事无从诉说只能向我倾吐的模样，和老师好像，我又一次被需要了。"

看到周一非露出满足的表情，祝灯灯更加生气了。

"你们一个个的怎么回事？宠物都比你们有人权！"

"你怎么这么生气啊，遇到不开心的事了？"

祝灯灯做了几个深呼吸，说："遇到你的同行了。"

"是吗？"周一非诧异道，"哪位老师？"

"你没听我说话吗？是你同行，不是你老师的同行。一个叫安茜的助手，你认识吗？"

"安茜……不认识。她是跟哪位老师一起来的？"

"我就看到她一个人。"

"不可能。"周一非说，"你骗我，助手不会离开侦探一个人行动的。"

"如果我骗你，我会知道一月九日你被害当晚黄金馆正在举办侦探俱乐部年会吗？我会知道你的老师是蒙面作家吗？我会知道他写的书很烂吗——这个会知道——我会知道黄金馆一楼其实是家火锅店吗？"

祝灯灯每说一句，周一非的嘴巴就张大一点，最后他激动地说："灯灯，你已经开始帮我调查啦！"

"没有！我只是想知道怎么甩掉你。"祝灯灯说，"是安茜自己主动跟我说了这么多，我才没有问她呢。"

"那个安茜，你们之前就认识？"

"不认识，她中午来店里吃饭而已。"

"什么店？"

"哦，昨天没跟你说吗？"祝灯灯说，"我家是开饭店的，叫'祝家小馆'，你现在所在地方是我的卧室，在二楼，楼下是饭店……你怎么了？"

只见周一非跪在地上，眼含热泪地说："这太本格了。"

祝灯灯想起安茜也是一听"馆"就万分激动，不禁叹了口气。不过她很快就振作精神，想起自己要说的正事。"总之，你不要以为我是为了帮你才叫你出来的，我是想骂你！"

"我有什么地方做错了吗？"周一非无辜地问，"我现在可是什么事都没法做了啊。"

"我问你，你为什么会变成一个饿鬼，难道你死之前没有吃饱吗？难道你不爱吃火锅吗？"

周一非露出迷茫的神情，说："为什么突然问这个……"

"回答我。"祝灯灯不知不觉展现出母亲姜千兰的那种强势。

"因为我死的时候还没吃晚饭。"周一非补充道，"那天开年会，老师会用丰盛的菜肴款待大家，所以我连午饭都没吃，就为了晚上多吃点。没想到在吃晚饭之前就被杀了，我太惨了。"

"很好。"祝灯灯这次没有讥讽，而是确认道，"也就是说，你被害的时候，晚饭还没开始，对吧？"

周一非点点头，看样子他还没有明白祝灯灯无缘无故问这种无聊小事是基于什么原因。但祝灯灯很快就给了他解释。

"但我记得，昨天你说你被害的时间，是一月九日晚上十点多。"祝灯灯说，"那就很奇怪了，晚上十点多，为什么还没吃晚饭？"

周一非愣住了，显然他之前从来没有思考过这件事。

看到他的反应，祝灯灯反而松了一口气，她真怕周一非说"开饭店本来就要和人家吃饭时间错开的"。

"对哦……"过了半晌，周一非才开口道，"为什么那天这么晚都没有吃饭呢，明明以前五点多就开饭了啊。为什么呢？为什么呢？"

"想不起来就不要再想了，你这个空气脑子。"祝灯灯说，"我给你一个解释吧，因为那个时候客人还没到齐，所以主人没有开饭。你觉得这个解释合理吗？"

"合情合理。"

祝灯灯点点头，继续说："好，今天安茜说，这个城市里能够被称为名侦探的人没有几个，黄金馆主人是其中最有声望的一位。黄金馆又素来神秘，可见，在黄金馆召开的年会，邀请的侦探不会很多吧。她在向我介绍自己的老师也在受邀之列的时候满脸自豪，也就是说，嫌疑人并不多。"

"对，老师只邀请了三名侦探，还有老师的编辑。"周一非难得回忆起来，"这么说来只有四名嫌疑人。"

"八名。"祝灯灯纠正道，"不要忘了还有助手。"

"助手可以忘了。"

"这是杀人案！不是过家家，谁都不能遗漏！"

周一非乖乖闭上了嘴，不过他很快就反应过来。"不对啊，灯灯，算上助手也只有七个嫌疑人。三名侦探，三名助手，一个编辑。编辑是没有助手的。"

"就是八个。"祝灯灯盯着周一非说，"你漏算了你的老师，他当晚也在黄金馆。"

周一非哈哈大笑起来。

"我的老师……怎么会杀我……我是他的助手啊，我们相处得一直很好，他离不开我的。"

"是你离不开他。"祝灯灯冷酷地说，"他已经在招聘新助手了。"

"太好了！"没想到周一非兴高采烈地说，"谢谢你，灯灯！"

"我说了什么我自己听漏的内容吗？"祝灯灯纳闷道。

"老师在招聘助手，这意味着——我又能去应聘了！"

"你已经死了啊！"

"你不是还活着吗？"

祝灯灯明白他的意思了。

"你做梦！"

"我做梦都没想到，居然还能有机会成为老师的助手。你一定可以的，我知道老师的喜好，我知道助手的自我修养，只要我帮你，你一定可以应聘成功的！"

"别跟我说助手的狗屁修养，听了就来气！"祝灯灯吼道，"你敬爱的老师，你唯命是从的老师，有可能是杀害你的凶手，你知道吗？！"

周一非愣住了，然后面容凝重地对祝灯灯说："不要再开这个玩笑了。"

"我没有工夫跟你开玩笑，黄金馆除了你和你老师，还有别人住吗？楼下火锅店的客人能随便上楼吗？"

周一非摇着头，没有说话。

"本来就八个嫌疑人，还有客人当晚没有到，你老师的嫌疑就更大了。你记得当晚都有哪些客人到了吗？"

周一非还是没有说话，祝灯灯继续说道："又想不起来了是吧？你刚才说侦探和助手都是一起行动的，也就是说除了编辑之外，只要有一个人没来，嫌疑人的范围就一下子缩小两名。你老师的嫌疑可越来越大了。最极端的情况，如果当晚没有一个客人到，整个黄金馆二楼只有你和你老师两人，那么凶手是谁就不言自明了吧？"

"如果只有我和老师两人，那我就是自杀的。"周一非终于开口道。

"自杀会打自己的后脑勺吗？"祝灯灯说，"还有，我其实是从安茜的一句话开始怀疑你老师也许是凶手的。"

"她说了什么？"

"她说有太阳的地方是看不到星星的。所以她看不到在侦探旁边的助手，你也是。"

祝灯灯朝周一非走近了几步，周一非好像有点害怕，往后退了相同距离。

"你没有看到杀害自己的凶手,恐怕不是没有看到,而是不忍看到、不想看到吧!"

"我看到了,只是忘了。肯定不是老师!"

"你都忘了还怎么肯定?就是因为你忘了,所以才更说明凶手是你最不想看到的人!"

"不可能,不可能,不可能!"

周一非连说了三个不可能,情绪越来越激动。过了一会儿,他慢慢冷静下来,深深地吐出一口气,然后说:"灯灯,推理不是那么简单的,你刚才那番话毫无逻辑,一点都不本格。你这么不聪明,我建议你去应聘助手。"

"从小到大,我被夸奖都是聪明,被批评都是太过聪明。不要把我和你混为一谈,你根本就是不想接受这个现实。"祝灯灯气得直跺脚,"你刚才说的助手的自我修养,那究竟是什么?"

"第一,助手一切行动要谨遵侦探的吩咐。第二,任何情况下,助手都不能伤害自己的侦探。第三,助手不能先于侦探破案,如果发现了关键线索,也要及时提交给侦探。第四,万一侦探得出了错误的解答,要宣称是由于助手的愚笨而被误导,必须给侦探道歉。第五……"

"够了!"祝灯灯说,"你自己听听,这像话吗!做助手,难道就意味着放弃自己的情感、选择、个人意志,甚至有可能是生命吗?这还是人吗?今天那个安茜也是这样,多么好的一个年轻姑娘,大好青春就浪费在一个老太太身上。我想想就来气,要不是她还没结账,我当场就忍不住反驳了。"

周一非想了想,说:"有自己的情感、选择……还有什么?"

"个人意志和生命!"

"有这些之后,我就一定会快乐吗?"

"不一定。"祝灯灯想了想，说道，"但至少那是你自己的人生，不依附于他人的鲜活的人生。你要做你自己。"

"这就是我自己啊。"周一非毫不犹豫地说，"做老师的助手我每天都很快乐，我没觉得人生不鲜活，我也不觉得安茜在浪费青春，她和我一样，一定很享受每一天。"

不对！祝灯灯在心里告诉自己要坚定，周一非说的不对。人一定是有自己的选择，才会幸福，不能被眼前的安稳和玻璃罩下的快乐所蒙蔽。

"你们被洗脑了。"她说，"你太可怜了，都被杀死了还没有反应过来，你们的老师太可恶了。"

"不是老师干的！"

"我是说制定自我修养，每天给你们洗脑这件事太可恶了！"

"也不是老师定的。"

"什么？"祝灯灯以为自己听错了。

"助手的自我修养，是我们助手自己定的。我们根据华生、黑斯廷斯、石冈等前辈的事迹而自己定的。"周一非又补充了一句，"侦探怎么会为助手做事呢。"

"你们是不是傻？"

"成为想成为的人，哪里傻了！"

"是，你不傻。你是疯了。"

听到祝灯灯的挖苦，周一非反而露出了幸福的笑容。

"你说的我都知道，成为助手让我放弃了很多，但我是自愿放弃那些的。我想，灯灯你也曾经因为某个选择或多或少放弃过一些东西吧？"周一非说，"一个人有多厉害，不是看他拥有了什么，而是看他放弃了什么。我想我有资格说我这一辈子没有虚度。"

"你是有资格,因为你这辈子已经结束了。"

虽然嘴上还在吐槽,但祝灯灯已经失去那股锐利的劲头了。刚才有那么一小会儿,她甚至快被周一非说服。

"我不和你说这些,跟我没关系。"祝灯灯单方面宣布停战。

"就是嘛,跟别人没关系,又不伤天害理。我们没做错任何事。"

"我是可怜你,你知道吗?"

"不要去可怜别人的幸福。"

"我是为你好,你早晚有一天会明白的。"

说完这句话,祝灯灯感到无比绝望。这句话姜千兰跟她说过无数次,她从没想到居然有一天会从自己的口中说出。她心灰意冷,陷入反思。

两人各自沉默了一会儿,周一非主动岔开话题说:"灯灯,你今天怎么了?和昨天不一样。"

"我倒是希望和昨天不一样,吃不出你来。"

周一非"咻咻"笑了两声。"你今天心情不好。"

"哇,你好细心。"祝灯灯冷着脸说。

"能跟我说说吗?"

祝灯灯白了他一眼,说:"还不至于这么想不开。"

"因为心疼我?"

"你也配?"

"那我再猜猜吧。"

周一非开始在房间内来回踱步。祝灯灯心里郁闷,刚想无事找事骂他两句,却听到周一非说:"是担心出国的事儿?"

祝灯灯心里一惊。"你怎么知道?"

"你桌上摆着学习资料呢,昨晚你父母跟你说的话我也听到了。"周一非说,"细心的观察,加上一点点想象力——这才是真正的推理。"

"这叫真正的'听说'。"

祝灯灯回想起昨晚父母闯进卧室,离开前祝伯彬说了句"好好休息吧,别太紧张了,不就是出国嘛",那个时候周一非也在现场。

"从你父母的反应来看,你因为这件事紧张不止一天了,而且马上就要开学了,你越发焦虑紧张,这情有可原。"

祝灯灯开始对周一非有点刮目相看了,本来以为他只是个傻子,没想到还挺细心和聪明。不过一想到这份细心和聪明只运用在服务侦探上,她又有点愤慨。

"我没紧张。"

"是是是,没紧张,只不过是对于即将到来的未知生活,想得有点多而已。"周一非体贴地说道,"你去学什么专业啊?"

"国际发展。"

周一非表示听不懂。

"简而言之,就是研究怎么让世界变得更美好吧。"

"听起来真不错。"周一非说,"去欧洲哪个国家啊?"

祝灯灯告诉了他。

"嗯……没去过。那里怎么样?也有侦探吗?"

"但愿没有。"

"我听说像英国、美国、日本,就有很多侦探。"

"那都是假的,白痴。"

"怎么会是假的呢?"

"都是作者写出来的虚构人物。"

"对啊。"周一非兴奋地说,"侦探就是那些作家啊。是他们创造了那么多异想天开的谜团，并且亲自破解。"

祝灯灯扶着额头说："不好意思，我忘了你口中的侦探是作家了。要照这么说的话，是有的。"

"真好啊，能够去那么远的地方看看。"周一非说，"我还没离开过这座城市呢。"

祝灯灯感到不可思议。"你长这么大，从没离开过这里？"

"因为我老师一直住在这儿。"

"那你想去其他地方看看吗？"

"这要看我的老师。"

祝灯灯都不生气了，反而苦笑道："设身处地想一下，你老师确实有杀死你的动机，你太烦人了。"

"肯定不是老师，不信你自己去黄金馆调查。"

"又想骗我去应聘助手？"

周一非老实承认："是的。"

"我很忙的。"说这话的时候祝灯灯自己都感觉心虚，"没空。"

"我看过你的日记了。"

祝灯灯惊道："你这个人怎么这么没素质！"

"我不是人。"周一非坏笑着说。

"不对、不对，你现在看到的这一页确实是空白，但之前我很忙的。"

"之前的我也看了。"

"我不会上当的。你根本碰不到东西，怎么翻页？"

周一非没有回答，他走到书桌前，弯下腰，对着摊在桌上的日记本开始吹气。本子随着气流"哗啦啦"翻动，祝灯灯瞠目结舌地看着这一幕。

吹完之后，周一非回过身，祝灯灯发现他比之前看起来要虚弱一些，身体也变得透明起来，已经可以透过身体看到书桌了。

"是，我确实度过了一个无所事事的暑假。"祝灯灯承认了，"可现在我还有十几天就要出国了。"

"是啊，这不还有十几天才出国吗？天助我也。"

"才十几天，能干吗？！"

"能见到我的老师，能找出杀害我的凶手。"周一非坚定地说，"十几天，能干的事情太多了。总比你继续在家吃吃喝喝强吧？"

"天天吃吃喝喝怎么了？不妨碍别人，又不伤天害理。"

周一非笑了，说："不对，这跟我有关系，我和你是绑定的。而且你不帮我找出凶手，还冤枉我老师，我死不瞑目。"

"你现在这状态比死不瞑目还要夸张好吗！"

"反正你得帮我。"

"我不。"

"你可是学国际发展的。"

"这里是国内，我也不想和你有发展。"

"你可以体验身为助手的乐趣。"

"我爸给我报的吃苦夏令营，我一个没去。"

"你可以近距离看到老师的风采。"

"你老师是太阳，近距离看会瞎的。"

"你可以……你可以甩掉我。"

"成交。"

周一非瞪大双眼，高兴极了。"只要你帮我找出凶手，我就安心地离开，再也不跟着你了。"

祝灯灯忽然想到一个问题。"等一下，会不会跟着我，这件事是你自己能控制的吗？"

"不是。"

"懒得理你。"

"我饿了。"

"这不是理由。"

"我真的饿了,我要吃芹菜。"周一非看起来委屈极了。

"真的饿怎么会想吃芹菜!"

"吃什么都行,随便什么……"

祝灯灯刚想开口,发现周一非已经从眼前消失。

6

其实祝灯灯早就决定去黄金馆调查一番,不仅仅因为一整个暑假确实无所事事,更因为神秘的别墅、隐蔽的侦探聚会、执着的助手和无法解释的鬼魂……这一切都让她无比好奇。

可她就是爱习惯性地反驳,就像姜千兰总会习惯性地和女儿斗嘴一样。如果周一非一开始就阻止祝灯灯去调查这件事,她反而会顺口说出"我偏要去"这种话。

口是心非,越熟悉的人越不习惯直抒情绪,只好借用讽刺和贬损来委婉地表达在乎。久而久之,"吐槽"已经变成祝灯灯的语言"拥抱"。

祝灯灯想,这么说来,难道自己已经默认那家伙是朋友了?

不知道。明明只见了两次面,性格、经历完全不同,若是在现实世界,恐怕根本不会成为朋友。但不知道是因为什么奇妙的际遇,他们现在至少算是共享同一个胃的交情。即便是周一非没有出现的时候,祝灯灯也会时常想起他。

周一非和安茜单纯的内心让祝灯灯有点抵触,又多少有些羡慕，她无法理清这是一种什么情绪。

周一非说得没错，自己确实正在为出国留学的事情紧张。这一点，祝伯彬和姜千兰都没有看出来，但周一非看出来了，这让她感到意外。

本科毕业后她得到了保研的机会，但她却跟父母说想出国留学。留学的地点和专业她早已经想好，出乎意料的是，父母只是帮她再次分析了一遍利弊，然后对她说，如果你想清楚了，我们支持你的决定。

感动的同时，祝灯灯感到前所未有的恐慌。以前从来都只有"做到了"或"没做到"，不会考虑"这样做正确吗"？这种不安心的焦虑感是之前她没有经历过的。而周一非的一番话，让祝灯灯对"正确"的定义又更加模糊了。

吃晚饭的时候，姜千兰敏锐地察觉到了祝灯灯心不在焉。"今天怎么没有出去玩？"她问。

祝灯灯机械地吞咽着食物，头也没抬。"偶尔在家待一天也挺好，接下来有的是出去的时候。"

"是啊，在家多待待也挺好。"祝伯彬笑呵呵地附和。

"爸，我说的是偶尔在家待一天，偶尔。"祝灯灯纠正道，"没准明天我就出去了。"

姜千兰问："又要去哪儿啊？"

"不知道。就想找点儿事情做。"

"你是太闲了。但不用麻烦你找，家里就有大把事情可以做。"姜千兰说，"功课预习预习，语言再熟练熟练。"

"好不容易这个暑假喘口气，我不想学习功课了。"

"那你想怎么样？给你爸打下手，还是帮我招呼客人呢？"姜千兰说，"别添乱了，做你该做的事去。"

"我该做的事就是不断学习吗?"

"当然了。"姜千兰理直气壮地说。

祝灯灯吃了几口菜,说:"我想出去打工。"

姜千兰愣了一下,她和祝伯彬对视一眼,然后说:"祝灯灯,我提醒你一下,还有十几天可就要开学了。"

"是啊,这不还有十几天才开学嘛。"

"十几天能做什么事?"

"能……能解决一件事情吧,至少。"

"学习都不能解决的事情,端盘子能解决?"

"我又不是去饭店打工。"祝灯灯加了一句,"严格意义上来说,不是饭店。"

"那是打算做什么?"

"国际发展吧。"

姜千兰笑了。这让祝灯灯很莫名,她不知道自己的意愿有没有表达清楚,也不知道父母有没有把她的话当真。

吃完晚饭,趁姜千兰收拾碗筷的时候,祝伯彬突然小声问祝灯灯:"灯灯,你刚才说的,是认真的?"

"不然呢?"祝灯灯反问。

祝伯彬瞥了一眼厨房。"你妈估计你在开玩笑。"

"我是要去打工。"

"那你到底要去打什么工啊?"

"一时半会儿解释不清楚。"

"一时半会儿解释不清楚的工作,几天就能干清楚?"

祝灯灯想了想,说:"我也不知道,反正不管怎么样,不耽误开学。"

"不,我想问的是你决定要去做了?"

祝灯灯没想到父亲问的是这一点，她一直以为父母不关心她主观上的意愿选择。

于是祝灯灯回答："我决定了，而且，是几乎不假思索就决定要去做了。"

祝伯彬点点头，说："我支持你。"

这反而让祝灯灯不好意思。

"但我不知道这个决定是不是头脑发热，是不是正确……"祝灯灯小声说，"就像我不知道拒绝保研而选择出国是否正确。"

"我的经验告诉我。"祝伯彬说，"不假思索做出的决定，一般都不会太坏。"

"太坏了。"这时姜千兰从厨房里走出来，说，"你们太坏了，背着我偷偷说什么呢？"

祝伯彬"腾"地一下站起来。"没有，我跟女儿说，打完工早点回来，在家吃晚饭。"

"哼，还真去啊？"

"让她去吧。"祝伯彬安抚道，"反正在家也没事做，就当活动活动。是吧，灯灯？"

"是啊。"祝灯灯也站起来，"不过晚上不一定回家吃饭。"

"要很晚才回来吗？"

"可能还得住在那儿呢。"

"刚才你怎么不说？"祝伯彬受到了冲击。

"你也没问啊，而且你都已经支持了，不许反悔。"祝灯灯走到楼梯口，"再说了，我上学的时候不也住校嘛，又不是第一次。老爸，老妈就交给你来说服了！"

"老祝！怎么回事？"姜千兰瞪着祝伯彬问。

祝灯灯赶紧跑上楼梯，回过头对祝伯彬说："老爸，教你一招，和老妈吵架的时候站到楼梯上来。"

"为什么？"

"给自己一点台阶下。晚安啦！"

祝灯灯吐了吐舌头，躲进了自己房间。

7

那个地方附近没有地铁站，不是闹市区，祝灯灯在这座城市住了这么久，也只是听说过这个地名，从来没有去过。

从出租车上下来，祝灯灯踩在一条小路上。路面是黄土的，并不宽阔，两旁有丛生的杂草。放眼望去，周围只有一幢幢小土屋。看那些屋子残破的模样，好像也并没有人住在里面。

昨天晚上她没有"召唤"周一非出来，一方面她想先自己来观察一下情况再和他分享，免得又被烦得不行。另一方面，也确实不能每天都吃那么撑了。

她在网上搜了很久，终于搜到"黄金馆招聘助手"的公告，发布日期是一周前，说是为了筹备侦探聚会，需要招聘一个实习助手。面试地点也写在了下方，并不是黄金馆。

祝灯灯掏出手机，没错，上面显示的地址就在这里再往前一点点，应该就是其中一间小土屋吧。

祝灯灯往前走了一段路，在一间土屋前停了下来，她知道自己找对地方了。土屋外观和旁边的建筑并没有两样，是只有一层的平房，屋顶上铺着青灰色的瓦砖，白色的墙体已经染上大块黑色和灰色的痕迹。土屋前的空地上停放着几辆轿车，门口处站着三四个人，每个人都捧着一本书在看。门内不时有人出来，每出来一个，站在最前面看书的人就会进去。

祝灯灯走到门口，往里探望，看到屋子里有一张桌子，桌子后面坐着一个戴兔子头套的人。

——应该是人吧，总不会是戴着兔子头套的兔子，祝灯灯心想。

"兔子头"穿着西装，看不出是男是女，此刻正和站在桌前的一个人说话。看到有人往里面探视，"兔子头"转向祝灯灯，严厉地喝道："排队！"

兔子头套中应该装有变声器，声音听起来很奇怪。祝灯灯赶紧缩回脑袋，排到了那几个看书的人身后。

"请问，你也是来应聘助手的吗？"祝灯灯开口问排在她前面的男生。

这个男生看起来比祝灯灯还要年轻一些，身高大约一米八，头发不是很短，微微卷曲，不知是特意做过造型还是自来卷。五官介于好看和不好看之间，身材有运动过的特征，但肌肉并不明显。

简而言之，是祝灯灯的理想型。祝灯灯不怕竞争，甚至喜欢竞争，也很少失败，但她看到这个男生，突然觉得输给他的话心里也能接受。

男生听到问话，合上书，然后从背后解下双肩包，拉开拉链，将书塞了进去。祝灯灯看到，那本书正是自己卧室里的那本侦探小说，作者是蒙面作家。

接着，男生在双肩包里翻找了一阵，拿出一个眼镜盒，从里面取出一副眼镜戴上。最后，他又把双肩包拉链拉好，背回身后。做完这一切，他才认真地注视祝灯灯。

"请问，你也是来应聘助手的吗？"祝灯灯看着他的眼睛又问了一遍。

糟糕，真的是理想型。

男生淡淡地说："我听到了，不用重复。"

"我是怕你忘记了。"祝灯灯说，"毕竟距离我问第一遍已经过去五分钟了。"

"三分三十五秒，没到五分钟。"男生说，"是的，我是来应聘的，如果你也是的话，现在回去会少浪费你一点时间。"

听到这番话祝灯灯心里很不舒服，虽然他的长相是自己喜欢的类型，但情商未免太低了吧。

"这么有把握？"祝灯灯不服气地说，"如果是真的就好了。但你明明很紧张，紧张到马上就要轮到你面试了，还临时抱佛脚地在看参考书；紧张到大脑一片空白，眼镜都没有戴上就盯着书看，明明什么都看不进去吧！反而像我这样轻装上阵，才是有把握的表现。"

男生面无表情地说："首先，我看书，是因为我热爱推理小说，也珍惜时间。哪怕是一分钟，我都不想浪费。其次，这本小说我倒背如流，我只是在感受它的能量，而感受能量，是不需要戴碍事的眼镜的。"

"强词夺理。"

"陈述事实。"

这时，里面的"兔子头"叫道："下一位。"祝灯灯发现，在外面排队的人只剩下他们两人了。

男生却没有往里走，而是对祝灯灯比了一个"请"的手势。"你先。"

"这么绅士？"

"因为一旦我进去，就将终结这场招聘，为了不让你留遗憾，我可以浪费一分钟。"

"我好感动哦。"祝灯灯冷冷地说,"那你就等着我终结这场招聘吧!"

祝灯灯毫不客气地从男生身旁走过,跨步进屋。"兔子头"此刻正靠着椅背,好像在休息一样。祝灯灯走到桌前,说:"你好,我是来应聘助手的。"

"兔子头"坐直身体,用怪异的声音说:"别说废话。名字。"

"啊,我叫祝灯灯。祝是庆祝的祝,灯是——"

"回去吧,下一个。"兔子头打断道。

祝灯灯愣在原地,不明白发生了什么。"下一位!"随着"兔子头"的叫喊,刚才那个男生走了进来。祝灯灯看了他一眼,发现他正忍着不笑出来。

"不对,等一下。"祝灯灯挡在男生面前,对"兔子头"说,"我是被拒绝了吗?"

"有问题吗?""兔子头"问。

"太有了啊!理由呢?拒绝的理由是什么?我什么都还没说。"

"名字太好听了。"

祝灯灯掏了掏耳朵。"不好意思,你刚才说什么?"

"我说你名字太好听了,祝灯灯,从没听过这么好听的名字。"

"谢谢。所以,拒绝的理由呢?"

"兔子头"不耐烦地摆了摆手。"助手的名字,不能比侦探更好听。这是助手的自我修养。"

祝灯灯又气又开心,不知道该说什么好。

"兔子头"不再理会祝灯灯,对那个男生说道:"轮到你了,叫什么名字?"

"张三。"

"很好。""兔子头"摸了摸头套上的长耳朵,"总算有一个像样的名字了。"

祝灯灯在旁边叫道:"这明显是假名吧!张三!怎么会有父母给孩子取这种名字!"

听到祝灯灯这么说,男生终于面色有点绷不住了,他说:"叫张三有什么问题?我从小就立志当一名渺小的职业助手……"

"你立志有什么用,名字也不是你取的呀!"

"你已经被淘汰了,不要浪费时间。"

"好了,别吵了。""兔子头"挠了挠头套,说,"她说的有道理,这么普通的名字简直是天赐的。你把身份证拿出来我看看。"

男生面露犹豫之色。"我真的叫张三。"

"那就把身份证拿出来。不要说没带,没带的话今天回家吧,明天再来。"

十分钟后,男生从双肩包里拿出身份证,放到了桌上。连同身份证一起放上桌的,还有蒙面作家的那本小说。

"兔子头"拿起身份证,看了一眼然后说:"慕容建材,你叫张三?"

"对不起,慕容建材太好听了。"男生突然跪在地上,带些哭腔说道,"我真的很爱本格,很爱黄金馆,我想成为一名渺小的……"

够了,祝灯灯在心里说。

"够了。""兔子头"通过变声器说,"你的名字其实挺难听的,像一家店。"

"对对对,太难听了。"

"但是姓好听。""兔子头"说,"以后能叫你王建材吗?"

"只能叫我王建材,不许叫我其他的。"

"很好。""兔子头"说完,继续盯着身份证看。

祝灯灯觉得一阵恶心,觉得输给谁都好,唯独输给这个人她无法接受。和他相比,周一非简直是完人。

怎么又想到他了!祝灯灯懊悔不已!

"兔子头"把身份证放回桌面,说:"你今年才十七岁?"

"是的。"王建材哆哆嗦嗦地问,"有什么……我能改吗?"

"助手这个岗位必须十八岁以上。"兔子头说,"不过看你长相倒是看不出来。这样吧,你十八岁之后再来。"

说完这番话,"兔子头"并没有把身份证和书还给王建材,反而用手压在上面,似乎在阻止王建材拿回。祝灯灯正感到不解,王建材却反应过来,他马上转过身子,离开了房间。人还没有从门口完全消失,就又走了进来。

"您好,我来应聘助手。"他一边走一边说,"我叫王建材,今年十八岁。"

"生日快乐。""兔子头"说。

"这么说,我通过了?"王建材高兴地问。

"回家吧,你不适合当助手。"

"为什么?"

"你太聪明了。我只是用手压住身份证而已,你就揣摩到了我的心思。而且我头上戴着面罩,根本没有微表情可以作为参考。""兔子头"说,"你们都回去吧,今天的面试结束了。"

8

当天晚上,祝灯灯明明很累,但她还是"吃出了"周一非。

没等他开口，祝灯灯就主动说："我今天去应聘了。"

"是吗？太好了！"周一非惊喜地说，"我就知道你不会丢下我不管的，我真想拥抱你。"

"你要明白，我做这些事不是为了让你靠近我，而是想让你远离我。"祝灯灯冷冷地说。

"明白，明白。"

也不知道周一非是真明白还是假明白，总之他很快乐。

"但是我被淘汰了。"

祝灯灯把今天的面试经过说了一遍，周一非一开始还面露喜色，越听到后面表情越是凝重。

"你去面试之前为什么不来找我预习一下？"祝灯灯说完后，周一非说道。

"我可不想变傻。"

"但助手就是要傻！你没看到吗？那个王建材就因为机灵得太明显了，所以才被淘汰的。"周一非补充道，"对了，我可没说我傻啊，我只是说要大智若愚，就跟那只乌龟一样。"

祝灯灯顺着周一非手指的方向看过去，发现他准确地认出了大智若愚的那一只。

"你说笨笨？"

"对，就是笨笨，要像它这样，才能成为优秀的助手。"

"那你找它帮忙吧。"

周一非马上换成一副嬉皮笑脸的表情，说："别啊，灯灯，还是得靠你。这样，明天你再去，这一次保证能够顺利通过面试。"

祝灯灯警惕地说："先说你的主意，我再考虑。"

"你知道今天给你面试的那个'兔子头'是谁吗？"周一非

神秘兮兮地问。

"不就是蒙面作家嘛。"

"你……你怎么知道？"

"一个面试而已，大张旗鼓地又是戴头套又是变声器，生怕别人知道他的长相，这不就是你老师的作风吗？而且你之前说过，黄金馆只有你们两人，现在你死了，那么工作人员还剩下谁，不言自明了吧？面试的时候他也毫不犹豫，根本就不考虑别人的意见和想法，只靠自己的感觉就决定是否录用，拥有这样权利的除了你老师又有谁？况且这件事情只有我不知道而已，王建材为了讨好他，故意在桌上放了一本他的作品，如果是其他工作人员，放这本书简直毫无意义，还不如放个红包呢。"祝灯灯快速说完这段话，接着说，"这些都不是直接证据，只是一个大概率的可能罢了。但你刚才故作姿态地问我，光凭这一点就足以证明那个人是你的老师——蒙面作家了。"

周一非的嘴半天没合拢。

"灯灯，答应我，我帮你应聘上助手之后，在老师身边不要说这么多话，好吗？"

"不好。"祝灯灯断然拒绝，"我不会因为身份而改变性格。我可以当助手，但永远不会当你和安茜那种人。"

"老师会被你逼疯的。"

"如果他还没疯的话。"祝灯灯说，"行了，如果你有意见，就去找别人吧。笨笨也可以借给你。"

"好吧。"周一非服软了，"反正当务之急是先帮你应聘上助手。首先，你要改一个名字。"

"我不。"

"我理解你的抗拒。"周一非说，"不是要你真的改名字，而是把新名字当作艺名。其实我的名字也是后改的，我原来叫周大非，父母希望我明辨大是大非。"

"那应该叫周大是大非，而不是只给你大非。这不是取名，是诅咒。"祝灯灯说，"不对啊，周大非本来就不好听啊，为什么要改？"

"我老师说，助手不是人，所以把'大'改成了'一'。"

"我的天，这才是真正的诅咒。"祝灯灯看着周一非略显透明的身体说，"你老师还是厉害的。"

"是啊，他好厉害。"周一非像自己得到了夸赞一般，又露出了甜甜的微笑。

祝灯灯白了他一眼，说回正题。"那你说，改成什么名字比较容易通过？"

"祝这个姓太好听了，改普通一点吧。朱？"

"你骂谁呢！"

"朱砂的朱，不是杀猪的猪。"周一非解释道，"这个姓比较普通，跟王啊李啊差不多，人口众多。"

"那名字呢？"

"灯灯也太好听了，改成丁丁吧。不对，叠字比较可爱。"周一非自说自话道，"就一个丁怎么样？朱丁？"

"我总感觉你在公报私仇。"

"怎么会呢！我那么喜欢你，那么依赖你。"周一非说，"你看啊，最普通的名字是什么，张三、李四、王甲、陈乙……朱丁就是这么一个普通的名字。"

"我不会用的。"

"你必须用！"

"好了、好了，下一条，还要改什么？"祝灯灯不想在这个问题上纠结了。

"没有了。"

"没有了?"祝灯灯感到不可思议,"侦探招聘助手纯看姓名的吗?"

"倒也不是,还看性格。"周一非很有自知之明,"只不过要你改性格,我看我还是直接去投胎比较容易。"

祝灯灯承认他说得很对。

"那今晚就这样?我睡一觉,明天过去说我叫'朱丁'就行了?"

"差不多吧,最好今晚再整理一下东西。"

"什么东西?"

"去黄金馆要带的东西。"周一非说,"我之前没有经验,面试的时候通过了,然后直接就被车接到黄金馆了。根本不给时间回家整理东西。"

祝灯灯想,怪不得王建材背了一个里面似乎放着很多东西的双肩包。"那我要带些什么去?"她问。

"你出国留学会带什么,这次就带什么。"

"别把这两件事混为一谈。"

"区别不大吧,你仔细想想。"周一非说,"都是去未知的地方,和陌生人相遇,过之前没过过的生活,你甚至还要学习新的思维方式和习惯……"

"周一非你听好了,黄金馆我最多只去十天。不管结果如何,时间一到我就会回来。"祝灯灯说,"所以完全不同。去黄金馆对我来说只是消磨时间,一个短期任务而已。我只带一个包。"

然后,周一非看着祝灯灯慢慢整理行李。她把基本物品放进书包,又把录音笔、平板电脑、耳机放在另外一层。

"我建议你不要带这些电子设备。"

"为什么?"

"黄金馆遵守黄金时代的原则,而现代化的电子设备,是传统推理小说的天敌。任何人进去,都要把电子设备留在外面。"

"你觉得我会信吗?"

"你可以试着带过去。"周一非说,"看看我有没有骗你。"

祝灯灯盯着周一非看了一阵,然后嘟囔了一句"疯了",就把这些东西取了出来。

"那手机呢?手机总能带吧?"

周一非摇摇头。

"我不管了。"祝灯灯说着又放了几样东西进去。

"那是什么?"周一非指着一包食物问。

"麦丽素。"

"是某种毒药吗?"

"不会吧,你连麦丽素都不知道?"

看周一非没有反应,祝灯灯直接拆开,吃了一粒,然后问道:"现在知道了吗?"

周一非站在原地回味良久,才说:"这比芹菜还好吃啊。"

"说什么废话,包装袋都比芹菜好吃!"

"真的吗?"周一非流着口水盯着包装袋。

"真的,但我不想给你吃。"祝灯灯收起麦丽素,问,"你真没吃过?"

"没有。"

"你吃过东西吗?"祝灯灯换了个问题。

"当然,我只是没吃过麦丽素而已。"周一非说,"你也知道,我和老师在一起,活动范围很窄,但是对我来说,黄金馆就是我的世界。"

"就跟迪士尼乐园里的玩偶一样。"

"什么?"

"迪士尼乐园也没听说过?"

"完全没有,那是谁?"

"那是一个地方。"祝灯灯解释道,"不是一个国家,也不是一座城市,而是一片人工开发的区域,里面有各种各样的虚拟角色和娱乐设施,晚上还会放烟花。是不是和你的黄金馆很像?"

"是我老师的黄金馆。"周一非纠正道,"不过……是很像,除了我没见过烟花。你见过吗?"

"当然见过了。"

"听说烟花很美,是真的吗?"

祝灯灯思忖道:"因人而异吧,挺污染环境的。你想看烟花吗?"

"想。"周一非不假思索道。

"那简单,明天我去迪士尼乐园玩,把你召唤出来,你就能看到了。"

"明天不是要去面试助手吗?"

祝灯灯暗自赞许,看来周一非真的是大智若愚,怎么诱惑都不忘正事。她接着说:"后天再去,我们先看烟花。"

"不行,先去黄金馆,烟花……也不急吧。"

祝灯灯循循善诱道:"你看,你已经有自我意识了。想看烟花就去看,其他的事情先放一边啊。"

"我想吃芹菜。"

"又来了……"祝灯灯死心了,"我发现你一遇到不想回答的问题,就说要吃芹菜。你在逃避什么?"

"想吃芹菜，想继续服务我的老师，这就是我的自我意识。"

"不是！你做这些事都是带有目的的！"祝灯灯说，"服务老师是你把自己置身于助手这个特定身份里面，想吃芹菜是因为芹菜有营养，这不是你的自我意识，是他人强加给你的。"

"我爱吃芹菜，是因为芹菜好吃。总有一天，我会让你替我吃一次芹菜的。"

"我吃芹菜会吐的，到时候肚子一空，你就没了。"

祝灯灯说完，发现周一非比前几分钟看起来更加透明了。

"不知道是不是我的错觉，我总觉得你一直在变淡。"

"我也感觉很饿。"周一非说，"可能坚持不了多久，我又要消失了吧。"

"你的胃口变大了吗？我今晚吃得不比第一次少啊，为什么你出现的时间变短了？"

"也许……灵魂也是有寿命的吧。"

祝灯灯想了一下，说："真是耐人寻味的观点，灵魂死了变成什么，肉体吗？"

"也许是什么都没有。"周一非的表情变得很落寞。

"我们抓紧时间吧。"祝灯灯不知道该怎么安慰他，只好加快整理的速度，"对了，我要不要带个武器？这份工作应该有一定危险性吧？"

"你放心，只要在我老师身边，就不会有危险。"周一非认真地说，"我以性命做担保。"

"那我给家人写封遗书。"

嘴上虽这么说，但祝灯灯还是整理好东西，把书包的拉链拉上了。最后，她在书桌抽屉里找到一个"保佑平安"的御守绑在书包上。

"这是什么,也是吃的吗?"周一非问。

"不是所有你没见过的东西都能吃!"祝灯灯说,"这叫御守。"

"有什么用吗?"

"有了它,心里多少踏实一点。反正不占地方,随身带着呗。"

"这不和我一样吗?"

祝灯灯忍不住笑了起来。"没错,就和你一样。实际上一点用都没有。"

第二章 "你是不是傻?"

1

一路上，祝灯灯都在默念自己的名字叫"朱丁"，不断地催眠确实有用，她发现这个名字已经比昨晚好听不少。

不能再念下去了，她想，不然名字变好听了，就前功尽弃了！

现在是下午三点一刻，祝灯灯比昨天早到了一个小时。今天一天都没出太阳，可能是天气缘故，面试的人没有昨天那么多了。

如果昨天也算人多的话。

土屋门口并没有排队的人，那个讨厌的王建材也没有出现。祝灯灯背着书包，进屋之前在心里最后一次自我催眠：我叫朱丁，这是一个难听的名字。

蒙面作家穿着和昨天一样的西装，坐在桌子后面的姿态也差不多，不同的是这个人今天戴的不是兔子头套，而是一个老虎头套。

祝灯灯做了个深呼吸，走向蒙面作家，同时说："你好，我是来应聘助手的，我叫——"

"祝灯灯。"变声器后面怪异的嗓音打断道，"我记得你，你昨天来过。"

祝灯灯停下脚步，愣在原地，昨天晚上和周一非千算万算，没算到蒙面作家居然还记得她。

"不，我不叫这个名字。"祝灯灯昧着良心说。

"是吗？难道我记错了？"蒙面作家挠了挠老虎头套。

"对,一定是你记错了。"

"不可能!"蒙面作家突然拍了一下桌子,站起来说,"我是不会出错的,你就是祝灯灯,这么难听的名字我怎么会记错,跟我来吧。"

"咦?"祝灯灯疑惑不已,"去哪里?"

"当然是去黄金馆了。"蒙面作家说,"不过你这个问题问得不错,很白痴,像一个经验老到的助手。"

"你的意思是,我已经通过面试了?"祝灯灯再次确认。

老虎头套上下摆动了几下,应该是在点头。"很好,又问了一个傻问题。也许,助手界的超级新星就要诞生了。"

说完,蒙面作家走向后门,祝灯灯只好跟在他后面,不过她还是搞不明白,于是接着问道:"我还有一个问题。"

"叫老师。"

"老师,我还有一个问题。"

"Bitte。"

蒙面作家居然无缘无故用德语说了一句"请讲",祝灯灯忍不住问:"你会德语?"

"你怎么知道这是德语?"

"我马上要去欧洲留学了。"

蒙面作家紧握拳头,过了一会儿又松开道:"可恶,以后只能说中文了。快说,你想问什么问题?"

"我想问,昨天你明明说我名字好听,今天为什么又觉得难听了?"

蒙面作家拧动后门的把手,将门打开,然后说:"侦探的想法,你只能适应,不要询问。好了,我们出发吧。"

祝灯灯跟着蒙面作家走出后门,发现在一片空地上停着一辆白色的七人座小货车。两人朝车子走过去，祝灯灯担心地说："我不会开车。"

"我让你开了吗？"

"可我是助手，难道不是应该……"

"助手唯一应该做的，就是听话。"蒙面作家钻进驾驶室，"而且，你也不知道黄金馆在哪儿。"

祝灯灯坐上副驾驶座，把背包抱在胸前。蒙面作家发动汽车后，指着副驾驶座前的一个眼罩说："戴上那个。"

"要开这么久吗？"祝灯灯摆弄着眼罩问。

"没人知道黄金馆的位置在哪儿。就算你是我的助手，也不能破例。"老虎的眼睛凶狠地盯着祝灯灯。

祝灯灯回想起安茜说过的话，虽然她曾经去过一次黄金馆，但还是不清楚在什么地方。她戴上眼罩，眼前一片漆黑的同时，她听到了引擎发动的声音。然后是微弱的推背感，车开始向前行驶。

祝灯灯一开始还在仔细辨认，试图记住汽车转弯的方向和行驶距离。可才转了几个弯，她就彻底失去了方向感，同时一阵困意袭来，不知不觉陷入了睡眠。

她不知道自己在车上睡了多久，只知道醒来后还坐在副驾驶的位置，而汽车仍在行驶。

"你醒啦？"

传来蒙面作家的声音。

"你给我下了安眠药？"祝灯灯很生气。

"嗯。"蒙面作家大方地承认道。

"我要报警。"

"只是睡一觉而已，所有来黄金馆的人，都要在车上睡一觉。"

"凭什么？"

"因为我们即将去的地方，是这座城市最神秘、最伟大的黄金馆。"

"你这句话，真是警察听了都想报警。"祝灯灯想要摘下眼罩，却被一只手按住。同时，车子发出刺耳的刹车声，她因为惯性整个人撞在车门上。

车停了下来，祝灯灯感到肩膀很疼。

"你是不是有病！"祝灯灯不管了，她大喊道。

"不要报警。听着，如果不是时间紧迫，我根本就不会选择你，你没有资格做我的助手。"蒙面作家牢牢按着祝灯灯的手说，"但你连着两天都来面试，说明你很渴望这个机会，对吗？"

"不，我是听信谣言。"

"不管你听说了什么，现在事已至此，我们就配合一下。这两天你乖乖完成一个助手该做的任务。"

"这不是配合，这是要求，你付出什么了？"

"我会尽量忍受你。"

"我给你送面锦旗吧。"祝灯灯都被气笑了。

"我没有开玩笑，你要知道，即便是不入流的侦探，助手也都有助手的样子，何况是独一无二的我。这对我来说，是前所未有的让步。"

"我身上到底有什么特质吸引你了？"

"和你无关，是时间来不及了。"蒙面作家说，"今晚黄金馆就要迎来客人，不能让别人发现我没助手，这是侦探的耻辱。"

祝灯灯确实觉得很耻辱。

"这么说来，如果刚刚王建材比我早到一点，他也会被选上？"

"不管是谁，都会选上。"

得知自己赢了一场如此随机的比赛，祝灯灯感到很失望。

"早知道今天这么随意，你昨天要求为什么那么高！"

"我还以为会有很多优秀的人才来应聘我的助手，真是世风日下。"蒙面作家慢慢松开祝灯灯的手，"现在，我要继续开车了。"

"你是在征求我的意见吗？"

祝灯灯听到引擎声响起，她知道这是蒙面作家的回答。

"我睡了多久？"车开了一会儿，祝灯灯问。

"你觉得呢？"

"我觉得你不想告诉我。"

"对。"

说完这句，两人都沉默了一会儿。

"你知道黄金馆在哪儿吗？"祝灯灯受不了这诡异的安静，又开口问道。

"我当然知道。"

"可你刚刚说没人知道……"

"我没说过。"蒙面作家干脆地回答。

不过是短暂的接触，祝灯灯已经认定蒙面作家是她认识的最自负的人，而他的自负和优越感来源于不由分说、毫无逻辑地捏造事实。虽然看不见，但从蒙面作家说话的声音依然是经过变声器处理的可以推断，即便在车里，他也没有摘下头套。祝灯灯心想，这种缺心眼又孤傲的人，是凭什么获得周一非的尊重的呢？

想到周一非，祝灯灯突然有了主意，她看不到，但周一非能啊。

"喂。"

"叫老师。"蒙面作家说,"在客人面前,一定要记住这一点。"

"老师。"

"怎么了?"

"我想吃东西。"

"老师不是空姐。"

"不用你提供,我自己带了。"

"那你吃呗,怎么,还要烧?"

"那倒不用,不过我看不见,没法拿。"

汽车转了一个弯,蒙面作家才说:"那别吃了。"

祝灯灯本来也没想着蒙面作家会让她摘下眼罩,只是试探一下而已。她摸到背包的拉链,拉开后将手伸了进去,还好麦丽素放的位置比较靠上,很快就摸到了。

"这是什么?"

祝灯灯拿出麦丽素之后,蒙面作家问道。

"麦丽素。"

"是某种毒药吗?"

"是的,我在自寻短见。"

蒙面作家通过变声器发出难听的笑声。"曾经也有助手跟我撒娇,后来被我辞退了。"

"你自我感觉太良好了吧,我这是讽刺!"

"哦?"蒙面作家说,"我还从来没被助手讽刺过呢,有意思。"

还是一副高高在上的口吻,不过看样子,蒙面作家似乎更快地习惯了这别扭的关系。祝灯灯一口气往嘴巴里塞了好几颗麦丽素，气愤地嚼了起来。

"好吃吗？"蒙面作家突然问。

"不给你吃。"

"我只是问一下，没有想吃。就像我经常问凶手，杀人是什么感觉，并不意味着我也想杀人。"

"你也太能联想了吧。"

"嗯，我很优秀。"

"我这还是讽刺！"

蒙面作家又笑了起来。

"对了，你说今晚有客人要来？"

"我办了一个侦探聚会，会有几名侦探朋友光临黄金馆。"

"那你原先的助手呢？"祝灯灯小心翼翼地问。

蒙面作家沉默了一会儿，说："死了。"

因为变声器的缘故，祝灯灯判断不出这句话背后的情感是什么，也可能，本来就没有情感。

"怎么死的？"祝灯灯追问道。

蒙面作家许久都没有回答，祝灯灯刚想再问一次，就听到蒙面作家说："我们到了。"

就这样，还没等祝灯灯有一丝饱的感觉，他们就抵达了黄金馆。

2

揭下眼罩后，映入祝灯灯眼帘的是一座白色的二层别墅，外表看上去平平无奇，只是比之前的土屋更大更新一点而已。要不是一楼的大门处挂着三个字"黄金馆"，她还以为自己是从面试的地方被转移到了复试的地方。

不过让祝灯灯感到惊异的并不是黄金馆本身,而是她此刻正站在一片雪地上。黄金馆被白色的雪地包围,目之所及没有任何建筑。现在正值暑假,祝灯灯抬起头,发现天上似乎不止有一个太阳,虽在雪地上,但穿着夏天的衣服也丝毫不感觉寒冷。

"别愣着,外面冷,赶紧进去吧。"

蒙面作家不知何时脱下了老虎头套,换上了昨天戴过的兔子头套。他把手放在头套前,看动作似乎是在呵气。

祝灯灯慢慢跟在蒙面作家后面,同时观察着周围的一切。走了几步后,她明白地面上这一大片白色的东西并不是雪,而是塑料泡沫,踩上去不像雪地那么外表松软、内在结实,比雪更滑,而且踩在脚底发出的刺耳摩擦声也令人难以忍受。与她小心挪动不同,蒙面作家不愧是回到了自己的家,早已习惯如此恶劣的环境,走起路来如履平地。祝灯灯集中注意力,十分小心地快速向前小步迈进,才得以不落后蒙面作家太多。她正要开口询问时,蒙面作家突然发出一声惨叫,然后整个人摔趴在了地上。

身为助手,此刻应该上前扶起他,但祝灯灯内心很抗拒,于是她眼睁睁看着蒙面作家在塑料泡沫中挣扎了许久,才狼狈不堪地站起身。蒙面作家掸了掸粘在兔子耳朵上的塑料泡沫,说:"这片雪地并不好走,你必须习惯。"

"你是在跟我说话吗?"祝灯灯看着他问,"还是在自我鼓励?"

"我在跟你说话。"蒙面作家像没事发生一样,"这片雪地是我的杰作,我当然习惯。"

"你是不是戴了头套看不到东西?这是塑料泡沫地。"

"这就是雪地!"蒙面作家略显激动地说,"黄金馆是本格之馆，暴风雪山庄就是本格的标志。"

"可现在是夏天，夏天也有暴风雪吗？"

"在本格的世界中，可以没有夏天，但不能没有暴风雪。"蒙面作家用手指着天空说，"你看上面，是不是有好几个太阳？"

"注意到了。怎么？想让我射下几个来？"

"哼。那不是太阳，是灯。黄金馆并不是你眼前这座别墅而已，事实上，它是一个区域，一个隔绝了现实世界，只属于侦探世界的区域。"

祝灯灯再次观察四周，一些她难以释怀的部分终于可以被解释。比如这里毫无人的气息，也完全看不出来是郊区的哪块地方，就连空气都没有实感。

"也就是说，这是一块巨大的片场？"祝灯灯问，"我有可能没有离开市区，这里是某幢大厦的其中一层？"

"无可奉告。好了，进去吧。"

蒙面作家用钥匙打开一楼的大门。进去后，祝灯灯看到一楼是一个巨大的空间，里面摆着大大小小十几张桌子，和她家饭馆的结构很像，只是空间大了不少而已。

"一楼是火锅店。"蒙面作家主动介绍道，"我们的生活工作区域在二楼，跟我走。"

祝灯灯跟着蒙面作家来到楼梯口，发现楼梯入口处有一台地铁里用的安检机器。机器旁有一个黑色箱子，朝上的那一面有一个洞。祝灯灯脱下书包，放在安检机的传输带上。

"你以前来过这里吗？"蒙面作家看着她问。

"没有啊。"

"那你怎么知道要过安检？"

"不、不然呢？"祝灯灯有点慌张。

蒙面作家凑近祝灯灯，兔子头套几乎要碰到祝灯灯的鼻子，祝灯灯甚至不敢喘气。

两人就这样对峙了一阵，直到安检机器发出警报声，蒙面作家才后退一步。

"你干什么！"

祝灯灯看到蒙面作家从安检机器上拎起书包，直接打开了拉链。她连忙上前阻止，蒙面作家却转过身挡住，然后她看到平板电脑、录音笔、耳机等电子设备统统被扔进了旁边那个黑色箱子中。

蒙面作家把书包扔给祝灯灯，说："手机呢？"

祝灯灯慌忙接住书包，说："不给。"

"这是黄金馆的规矩，任何电子设备都不允许带进去。手机会破坏本格的氛围。"

"这氛围本来就又破又坏。"

"你带手机也没用，这里没信号。"

"既然没信号，那你怕什么破坏氛围？"

蒙面作家哑口无言。

"你不是推理作家嘛，这么简单的逻辑漏洞都没想到？"

"没信号的手机也是手机，它的出现就是破坏氛围。"蒙面作家还在倔强，"而且，这里也没充电的插座。"

"我手机里的电还能维持一阵。"说这句话的时候，祝灯灯不知为何想到了周一非。

"好吧，我做出让步，我拿一个东西和你交换。"

"什么东西？"

"你要知道，从来没有一个助手能和侦探谈条件。"

"少废话，什么东西？"

"麦丽素。"蒙面作家拿出一包麦丽素,递给祝灯灯,"我刚刚从书包里拿的。"

"你是不是傻!"祝灯灯生气地叫道,"这本来就是我的,你偷了我的东西,还要和我换手机,你是小偷加强盗吗?"

"首先,我没有偷,我是从包里拿。"蒙面作家说,"其次,上交手机是黄金馆的规矩,你本来就该遵守。"

"我发现跟你讲道理没用。"

"我已经把麦丽素给你了,现在轮到你了。"

"我要是拒绝呢?"祝灯灯威胁道,"客人马上就要来了,你已经没有时间再去找新的助手了吧?"

蒙面作家像一尊雕像般站了一会儿,然后说:"没有助手的侦探是没面子,但有一个不守规矩的助手更丢脸。如果你不把手机放进这个箱子里,那就回去吧。"

祝灯灯在心里斗争了一会儿,还是把手机拿了出来。她刚掏出手机,还没看一眼,蒙面作家就一把夺过,扔进了黑箱子。

"上去吧。"

祝灯灯跟在蒙面作家身后走上楼梯,她最后看了一眼空旷的一楼,边走边问:"一楼的火锅店还在营业吗?"

"当然了。"

"那为什么没有客人?"

"因为没人知道这家店的地址。"这个逻辑闭环让祝灯灯无言以对。

楼梯的尽头是一扇锁住的门,蒙面作家掏出钥匙,把门打开,两人终于来到二楼。二楼的格局和一楼完全不同,楼梯间一出来是一间巨大的客厅。看得出来,客厅的装修显然花了一番工夫,四面墙中的三面都被从天花板上垂下来的巨大帘子遮住,唯

——面没有帘子的墙壁上有一扇开着的门,门外似乎是条走廊,祝灯灯看到走廊上铺着红色地毯,不由得警觉起来。

客厅内有一张大圆桌,桌上空空如也。没有帘子的那面墙上挂着一个时钟,造型简单,纯白表盘,十二条短线作为刻度,一长一短两根指针的位置显示,现在已经是十点多了。

"这么晚了?"祝灯灯说,"我记得我们是下午三点多出发的吧,我在车上睡了这么久?"

"是啊,开这么久的车很累,还不能吃麦丽素,唉。"蒙面作家走向角落处的门,"不早了,客人马上就要来了,我先给你介绍下房间。"

祝灯灯跟着蒙面作家穿过客厅的门,眼前出现了一条不算很长的走廊,从门口一直到尽头都铺着红色地毯。走廊两旁是一扇扇紧闭的房门,祝灯灯数了下,一边六个,一共有十二个房间。

"这里一共有十二个房间,分别以十二种动物命名。"蒙面作家指着第一扇门上的金色老鼠头介绍道,"走廊左边的六间房分别是鼠之间、牛之间、虎之间、兔之间、龙之间和蛇之间。我只说一次,你记住了吗?"

"这还用记?另一边恐怕是马羊猴鸡狗猪吧?"

"我就说你来过这里。"

"我就说了十二生肖而已。"

"是吗?身为助手,想不到你居然也有把伏线串联起来的能力。"蒙面作家边往里走边说,"左边的房间都是给侦探准备的,而他们各自的助手则住在对面的房间。比如鼠之间的侦探,他的助手就会安排在正对面的……"

"马之间。"祝灯灯兴味索然,"这是幼儿园的智力问答吗?"

"好,这是我的房间,蛇之间。"两人走到走廊尽头,蒙面作家指着蛇之间对面的房间说，"你住对面，猪的房间。"

祝灯灯盯着门上镶的金色猪头，问："你是在报复我吗？"

"时间紧迫，现在我们各自回房放一下东西，一分钟后在这里见。"说完，蒙面作家打开自己房间的门，走了进去。

祝灯灯拧动猪之间的门把手，门应声而开。房间比想象中要大一点，除了床，还有一个衣柜和书桌椅子，不过房间内也仅有这些简单家具，没有任何装饰物。祝灯灯把书包放在椅子上，环顾四周，想象着这就是周一非生前的住所，可是完全没有住过人的痕迹。是因为周一非本来就简朴，还是他死后房间被整理过了呢？

敲门声打断了祝灯灯的思绪，随之而来的还有变声器处理后的催促声。"赶紧出来！"

祝灯灯走到门外，看到蒙面作家又换了一个公鸡头套。蒙面作家双手叉腰，鸡冠直直地竖在头顶，对祝灯灯吼道："哪有侦探等助手的道理！我说一分钟，你应该在三十秒的时候就站在外面等我！"

祝灯灯刚想辩驳，蒙面作家就催促道："抓紧时间吧，客人马上就要来了。"

"我们要站在门口迎接吗？"

"你要准备晚饭，不然我们吃什么！"

"可我不会做饭啊。"

"谁让你做饭了。"

"那你要我准备什么？"

"火锅。"

"没想到今天还能听到好消息。"祝灯灯说，"今晚真的吃火锅？"

"不是今晚,是每晚。"

"我想我爱上黄金馆了。"

"没有人不爱黄金馆。"蒙面作家悠悠说完,走到隔壁的狗之间,将门打开,然后转过身对祝灯灯说,"你旁边的狗之间是杂物间,铜锅、木炭都在里面,冰箱里有食材。在我回来之前,把晚饭准备好。另外,客厅的帘子都拉上去。"

"你要出门?"

"你忘了吗,没有人知道黄金馆的地址,我不开车出去接,客人怎么来?"

祝灯灯愣愣地说:"你真的很辛苦。"

"是吧,那给我一包麦丽素。"

"不给。"

"在客人面前,不能对我这么无理,记住了。"蒙面作家最后提醒道,"还有,叫我老师。"

3

蒙面作家走的时候,将二楼楼梯口的门锁上了。祝灯灯发现这扇门看起来老旧,却异常牢固。

于是她放弃下楼的念头,径直走进了狗之间。果然如蒙面作家所说,狗之间堆放着一堆杂物,不过还算井井有条。祝灯灯打开冰箱,想要寻找一些食物,她已经忍了很久了——当然并不是因为饿。

也许是蒙面作家太令人讨厌,祝灯灯现在觉得周一非格外可爱。

冰箱里有各种速冻食材,还有一些饮料,但没有发现任何可以直接吃的食物。祝灯灯失望地看着满满当当的冰箱，迅速做了一个决定。不过在此之前，她想先做些调查。

她回到走廊，走到斜对面、蒙面作家住的蛇之间外，拧动门把手，发现房门被锁上。她又试了试其他房间，最终发现左边那一排侦探的房间都锁着，但能自由出入右边的房间。可是除了狗之间，右边的其他房间和猪之间几乎一模一样。

接下来，她又顺着地毯仔细检查，没发现引起注意的地方。这个黄金馆虽然古怪，但至少目前还没看出有命案发生过的痕迹。

既然没有调查出新的线索，祝灯灯就又回到狗之间，分几次将铜锅、木炭以及食材运到了客厅。

客厅里的大圆桌能够坐下十几个人，祝灯灯把铜锅摆在上面，填好炭，然后在圆桌上铺满自己想吃的食物。做完这一切之后，她遍寻客厅和狗之间，发现了一个致命的问题——没有生火的工具。

本来不是很饿，但看着这么多牛羊肉，祝灯灯瞬间感觉饥肠辘辘。她在客厅焦急地徘徊，不知如何是好，周一非一点动静都没有，这样下去她只能干坐着等待不知何时抵达的蒙面作家和客人们。

她忽然想起蒙面作家临走前的交代，除了准备食材，还要她把客厅墙上的帘子都升起来。祝灯灯沿着墙壁查看，最终在其中一面墙壁上发现了一个可以转动的把手。她转了几下，遮住三面墙的帘子缓缓往上升，挂在墙壁上的一个个相框随之露了出来。

祝灯灯将帘子升到天花板，看到三面墙壁上都没有窗，而是挂满了大小一致的相框，相框内似乎都是书籍的封面。这些书祝灯灯几乎都没看过，但是有一些听说过名字，是经典的国外侦探小说。单看这些封面并不难看，但密密麻麻摆在一起就给人一种压迫感。祝灯灯感到十分压抑，她不想在这样的客厅多做停留。

回到狗之间，祝灯灯从冰箱里选了一瓶碳酸饮料，想着借由碳酸，或许能让自己快速饱起来。接着她去到猪之间，从包里翻出麦丽素，就着碳酸饮料吃了起来。这是现在唯一能吃的东西了。

这几包麦丽素祝灯灯原本是想慢慢吃完的，没想到才第一天，就吃光了。麦丽素的糖分很高，加上碳酸饮料，祝灯灯确实有了饱腹的感觉，虽然这种饱腹感伴随着恶心和难受，并不舒服。

如果父母看到自己现在的状态，不知道会怎么想。此刻她万分想念父亲做的地三鲜。

这么想着，一股若有似无的气体顺着胃袋爬上喉咙，祝灯灯停止进食，一动不动地等待这个结果——希望是饱嗝，而不是呕吐。

结果既不是饱嗝，她也没有吐，那股气体在上升途中不知所踪，只留下甜腻的余味。祝灯灯感觉胃里很难受，知道不能再吃了，但这和"饱"的感觉又不一样，最直观的体现是，她还惦记着火锅的滋味。

就在这时，耳边传来了动静。

祝灯灯站起来，左右看了看，寻找周一非的身影，嘴里问道："你来了？"

"我来了。"一个鸡头探进猪之间，变声器处理过的声音说道，"听到我回来了，为什么不出来迎接？"

祝灯灯一边在心里追悔浪费了几包麦丽素，一边走了出去。

"怎么这么快就回来了？我刚刚看十一点都还没到。"

祝灯灯跟在蒙面作家后面穿过走廊，听到客厅中有一些交头接耳的声音，好像客人不少。蒙面作家没有回答她的疑问，只是叮嘱着："客人已经来了，千万记得，要对我恭敬。"

蒙面作家和祝灯灯刚出现在客厅，交谈的声音就戛然而止，所有人的目光都聚集在蒙面作家身上。祝灯灯在他身后，看到客厅里总共有七个客人，苏会凌和安茜也在其中，不过苏会凌这次坐在轮椅上，所有客人中只有她是坐着的。安茜则在她身后，双手扶着轮椅的把手。

出乎她意料的并不是再次见到苏会凌和安茜，而是另一个人——王建材。那个昨天还在和她竞争蒙面作家助手一职的年轻男生，此刻戴着眼镜、背着书包，站在一个叼着烟的中年人身后。除了他们四人，还有一个双手插兜的少年，他看起来年纪和祝灯灯差不多。这个人眼睛半睁，不像其他人一样对眼前的一切充满热情，在他身后，是一个秃头的中年男人。从年纪看起来，少年理应是秃顶男人的助手，却是那个秃顶男人站在少年身后。

在他们旁边的角落，一个穿西装的男人孤零零地站着。他约莫三十岁，西服的颜色和款式与蒙面作家的很像，头发上喷了过量的发胶，眼神中除了热情，还充满好奇，一直忍不住四处乱瞥。

"啪啪啪。"蒙面作家拍了三下手，西装男也跟着拍了拍手，看到其他人都不为所动，他尴尬地笑了笑。不过其他人根本没有看他，他们的注意力全都在蒙面作家身上。

"欢迎大家来到本格迷的乌托邦、黄金时代的最后一缕余晖、侦探的游乐场以及推理作家的创意源泉——黄金馆！"

这一次，苏会凌和叼着烟的中年人带头鼓起掌来，他们身后的助手们以及西装男也加入其中。祝灯灯注意到，那个双手插兜的少年还是没把手拿出来。

"各位,今天召集大家前来,首先是想向大家介绍我的新合作伙伴。"蒙面作家调整了一下公鸡头套,说,"各位想必清楚,身为一名侦探、一位作家,合作伙伴是多么的重要。很遗憾我之前的合作伙伴……不在了,不过如今我已经有了更加值得信任的伙伴,虽然目前还比较稚嫩,呵呵。好了,让我们坐下来,边吃边聊吧。"

这番话让祝灯灯略感意外,同时还有点感动,没想到蒙面作家也是懂得正常社交礼仪的。

祝灯灯刚在蒙面作家身边的椅子落座,就发现所有人都盯着她——包括蒙面作家。她这才注意到,坐下来的人只有蒙面作家、苏会凌、叼烟者、插兜少年以及西装男。而安茜、王建材和秃顶大叔,则依然站在各自的侦探身后。

祝灯灯缓缓站了起来,嘴里小声说:"我是不是……不该坐?"

"啊,很好。"蒙面作家站起来,换到了祝灯灯坐过的位子上,"帮侦探试探危险,这可是助手的自我修养啊。很好,很好,这把椅子果然更加舒服牢靠。"

说着,蒙面作家故意在椅子上大幅度地扭动身躯。然后只听"砰"的一声,椅子裂开,蒙面作家重重地摔到了地上。

一片骚动,西装男匆忙站起身,想要扶起蒙面作家。蒙面作家伸出手,却紧紧抓住了祝灯灯的胳膊。

"太好了,平时愚笨,但侦探遇到危险时反应非常迅速。"蒙面作家硬拽着祝灯灯,基本上全靠自己的努力站了起来。然后,他坐回原先的座位,示意西装男安心坐好。

"容我先来向我的新任合作伙伴介绍一下各位。"蒙面作家说,"这座城市中，我唯一认可的同行，就是在座的三位。"

"不敢当，不敢当。"叼着烟的中年人把冒着烟的烟蒂交给身后的王建材。

苏会凌轻咳了两下，说："我们都是一路追寻真相之人，所谓同行（hang），不过是同行（xing）罢了。"

桀骜不驯的少年没有说话，只是微微点了点头。

"让我来分别介绍。"蒙面作家指着苏会凌，说，"这位是情感大师苏会凌女士，真正的安乐椅神探，不用检查现场，仅凭优美的语言以及富有哲理的表达就能看破真相。从辈分上来说，是我们所有人的前辈。"

苏会凌微笑着说："岁月打磨了我的智慧，同时也打磨了我的膝关节。"

"接下来这一位，诡计小天才马行空先生。"蒙面作家转向桀骜少年，"所谓英雄出少年，马行空出道仅仅一年，作品也只有一部，却在短短十二万字的篇幅中，破解了二百三十多起密室杀人案，真是令人眼花缭乱，想象力令人咂舌。"

马行空微眯着眼，说："我已经在写新作了，这一次有五百六十八个密室诡计。"

"然后，不得不提的这一位侦探，是我多年的好友，沙雕大师于九鸣！"蒙面作家指着又点起一根烟的于九鸣说，"诸位不要误会，制作沙雕是副业，同样也是艺术的一种……哇！"

祝灯灯看向于九鸣，发现对方在不知不觉间，已经用桌上积攒的烟灰做出了一个建筑，而建筑的外观，赫然是黄金馆。

于九鸣吸了一口烟，对着刚完成的作品轻轻呼出，黄金馆顿时"灰飞烟灭"。

"好了，介绍完三位我十分认可的侦探、作家和朋友，接下来，我要向你们隆重介绍我的新任合作伙伴。"

祝灯灯脑子里瞬间过了一遍简短的自我介绍，如何优雅得体、富有个性，又不违背助手的自我修养。

"我的新编辑——赵……就叫他张编辑好了。"

蒙面作家介绍完，西装男站起身，朝另外三位侦探鞠了一躬。

4

祝灯灯向后瞥了一眼墙上挂着的时钟，快要十一点半了。进入黄金馆后，她就觉得时间的流逝变得特别不规律，有时候快得可怕，有时候又慢得惊人。

当然，在众多奇怪的事情中，这根本就不算什么。

比如餐桌上的五个人已经边吃边聊了一会儿，而祝灯灯和其他三位助手一直安静地站在各自侦探的身后，装作自己一点都不饿的样子。闻着火锅飘来的香味，祝灯灯好几次有点忍不住，刚才吃的麦丽素和饮料让她反胃，她捂着腹部，看到王建材正在看自己。

王建材明显察觉到祝灯灯皱着眉头，一副痛苦难耐的样子，他露出挑衅的表情，祝灯灯狠狠回瞪了他一眼。而站在王建材身旁的安茜，自从进入黄金馆之后就一眼都没有看过祝灯灯，祝灯灯屡次试图用眼神跟她打招呼，但安茜每一次都视若无睹，好像祝灯灯是个透明人一样。至于马行空的助手——那位秃顶大叔，应该是所有人中最没有存在感的，没有人介绍他，就连他的老师马行空，也和他没有任何互动。

祝灯灯不知道要站到什么时候，也不知道今晚还能不能吃上火锅，更可气的是蒙面作家还是没有把头套摘下来。虽然会夹着羊肉在锅里涮，但涮好之后，他却把羊肉放在碗中，一口也不吃，任它一点点变凉。慢慢地，蒙面作家的小碗里已经堆满食物。祝灯灯欲哭无泪。

其间蒙面作家回过房间一次，出来后，换了一个狗头头套，然后继续涮肉和闲聊。他们聊的内容祝灯灯一开始还认真在听，可发现都是东拉西扯地聊闲天，就没在意了。话最多的是张编辑和沙雕大师于九鸣，前者积极努力，看得出来很想和大家搞好关系，后者则表现颓废，总是说一些意兴阑珊的话，蒙面作家负责在其中打打圆场。而马行空和苏会凌，全程几乎没说什么话。

当时钟指向十二点的时候，蒙面作家放下筷子。

"诸位，时候不早了，大家吃饱了吗？"

众人纷纷点头。

"很好，那我们今天就先这样，大家回房休息吧。"蒙面作家站起身，祝灯灯听到他肚子里发出"咕噜咕噜"的声音。

于九鸣关切地问："老蒙，你真的不吃一点吗？"

"我不是吃了很多吗？都装不下了。"

"是啊，碗里都装不下了。"

"刚刚你听到的声音来自我的助手。"蒙面作家突然转向祝灯灯问，"你是不是肚子叫了？"

"是的。"祝灯灯说，"我简直快饿晕了。"

话音未落，蒙面作家就晕了过去。于九鸣急忙冲过去，很快，蒙面作家就醒了过来，他拒绝了于九鸣的搀扶，费劲地站起身。"诸位，我亲自演示了一遍，如果再不让助手们吃饭，他们会怎样。好了，我现在分发给你们各自房间的钥匙，还跟半年前一样吧。"

侦探们来到蒙面作家跟前，蒙面作家从西装口袋里掏出几把钥匙,一一分配给其他人。"张编辑,你的房间在我隔壁,是龙之间。老于,你是兔之间,马行空是虎之间,苏老师身体不方便,就住在离客厅最近的牛之间吧。"

祝灯灯忍不住提醒道:"可是,离客厅最近的明明是鼠之间啊。"

蒙面作家左右摇晃狗头,问:"谁?谁在说话?"

"是我。"

"谁?"

"祝灯灯。"

"到底是谁?你给我出来!"

"老师,是我。"

"哦,祝灯灯,我的助手,是你啊。"蒙面作家像是松了一口气,"我刚刚说了,今晚的房间安排跟半年前一样,苏老师当时就是住在牛之间的。"

"那当时为什么不安排在鼠之间?"

蒙面作家没有回答,不过祝灯灯看到站在一旁的于九鸣脸色变得有些凝重。

"太好了,我确实也住惯了兔之间。"于九鸣凝重的表情稍纵即逝,打破沉默,笑呵呵地从烟盒里抽出一根烟。

于九鸣刚把烟叼到嘴边,王建材就解下书包,在里面翻找着。等他好不容易拿出打火机,却发现于九鸣已经自己点上了香烟。

"老师,对不起……"王建材几乎要哭出来,"我又慢了一步……"

"呵呵,没事。"于九鸣说,"我跟你说过了,点烟这种事,我还是习惯自己来。"

"可是身为助手,为您点烟是我的责任。"

"等你点烟,我想还是戒烟比较快。好了,你快去吃东西吧。"

这一幕看在祝灯灯眼里,让她对于九鸣这个人有了一些好感,相应地,对王建材又多了一分反感。

就在于九鸣点烟的时候,马行空大摇大摆地走了过去,在他身后,是安茜推着苏会凌,两人也都向蒙面作家道了一声晚安。马行空的助手——那个祝灯灯至今仍不知道名字的秃顶大叔,急急忙忙地跟了上去,但马行空看都没看他一眼,直接走进虎之间,"砰"的一声把门关上了。

祝灯灯他们经过的时候,秃顶大叔仍然像在罚站似的,一动不动地站在虎之间的门口。

王建材把于九鸣送到兔之间,对着门内深深鞠了一躬,于九鸣轻声劝了几次,王建材还是保持着这个姿势。最后,于九鸣叹了口气,说了声"晚安",轻轻关上门后,王建材才直起身。

张编辑在龙之间前跟蒙面作家道过晚安,之后也进了房间。

祝灯灯一直在留意众人的反应,并且默默记在心里。她跟着蒙面作家来到走廊尽头,进屋前,蒙面作家叮嘱道:"等下吃完饭,记得把餐桌收拾一下。"

"你说的是我一个人,还是和其他助手一起?"

"你一个人,其他助手不归我管。"

"做梦!等下我会敲门叫你出来和我一起收拾的。"祝灯灯说。

"不要敲门,其他人会出来的。"

"他们大半夜不睡觉的吗?"

"你终于明白了,大半夜我不睡觉的吗?"

蒙面作家正要关门,祝灯灯一把抵住。"喂,等一下。"

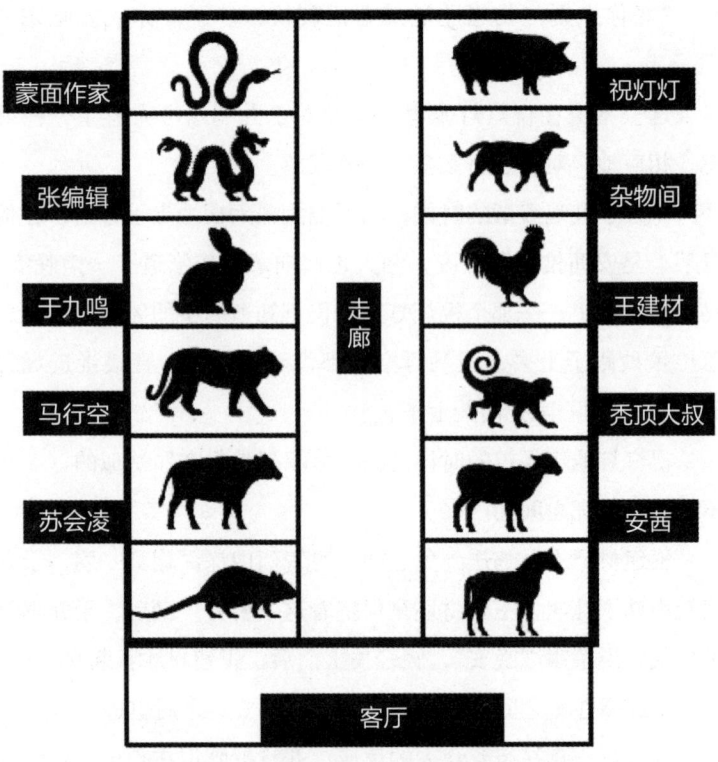

祝灯灯（在脑子里）绘制的黄金馆客房示意图

"又怎么了？我很饿……不是，很困啊。"

"钥匙。"祝灯灯摊开手掌。

"什么钥匙？"

"我房间的钥匙啊，你还没给我吧？"

蒙面作家沉默了一两秒，然后说："哦，我忘了跟你说了，对面这一排助手的房间，是没有锁的。"

"凭什么！"

"你轻一点。"蒙面作家探出脑袋左右看看。所有的侦探都已经进入自己房间,安茜和王建材则走回了客厅。那个秃顶大叔则直接走进了对面自己的房间。

"每一个助手的房间都没有锁,这是规矩。"

"我不管,我觉得不安全。"祝灯灯说,"鼠之间不是空着吗?让我住鼠之间。"

"我要睡觉了。明天不许起得比我晚。"

祝灯灯听出来蒙面作家在刻意回避鼠之间的话题。只要确认这一点就够了,要想进鼠之间查看,她有的是办法。

"那你明天什么时候起来?"祝灯灯问。

"不知道,看心情吧。"

说完这句话,蒙面作家关上了门。祝灯灯对着门上的蛇头吐了吐舌头,走回了客厅。

火锅冒着热气,安茜和王建材相对而坐,桌上摆满了新一轮的食材。祝灯灯坐到两人中间,夹起锅内刚涮好的一大片羊肉,报复性地吃了起来。

"喂,那是我涮的,我算好时间的。"

祝灯灯顾不得礼仪,嘴里嚼着羊肉,心满意足地对王建材说:"是你涮的,但算好时间的人是我。"

5

"祝灯灯?"安茜一脸欣喜,"你怎么在这里?"

"鬼使神差。"祝灯灯咽下羊肉,感觉浑身舒爽。

"嘿嘿,你怎么学我老师说话呢。"

"不不不,你老师说的是比喻,我这是字面意思。"

王建材冷不丁说了一句："八。"

"你在报自己的智商吗？"祝灯灯说。

"不是，我在数涮的时间，八秒正好。"

于是祝灯灯又夹走王建材放进去的一块肉。不过这次王建材没有生气，反而放下筷子，盯着安茜问："你好像现在才看到祝灯灯？"

"是啊，有太阳的地方，是看不到星星的。刚才我的眼里只有几位侦探。"

王建材突然站起来，鞠了一躬，说："前辈果然是前辈，看来我的修为还不够。您是助手的楷模，浑身围绕着仙气。"

"那是因为你眼镜起雾了，赶紧擦擦吧。"

经安茜提醒，王建材摘下眼镜，从桌上抽了一张纸巾慢慢擦拭起来。

"祝灯灯，我在擦眼镜，你不要趁机再吃我的肉了。"

"你好烦啊唐僧，你以为自己是唐僧吗？"

"你等下吃我的吧。"安茜打圆场道，"你们之前就认识吗？"

"不认识。"王建材抢着说，"前辈你好，自我介绍一下，我叫王建材。"

"这名字有点怪。"

"我不是一个门店……什么啦！我是人，是助手！"

"助手可不是人。"祝灯灯悠悠地说道。

"祝灯灯你别打岔。"王建材继续说，"我是沙雕大师于九鸣的实习助手，还没转正。请安前辈多指教。"说着王建材又想站起来鞠躬，但是被安茜制止了。

"叫我安茜就好了，前辈不敢当。原来你是于老师的助手啊，那你也很厉害，听我老师说，于老师和蒙面作家关系特别近。"

祝灯灯好奇地问："是吗？他们两个不会是……"

安茜摇摇头。"不知道。我只知道于老师现在的地位和声望已经不如当年了，算是混得比较差吧。王建材，我这么说，可没有冒犯的意思啊。"

"不会，不会。"王建材谦卑地说道。

"黄金馆每次有活动都会邀请于老师，恐怕也是因为两位老师的关系非同一般吧。不过于老师也曾经辉煌过，是国内沙雕推理的巅峰。"

"这个巅峰，指的是沙雕，还是推理？"祝灯灯问。

"有区别吗？"安茜说。

"仔细一想，没区别。您继续。"

"于老师有一句名言：所谓推理，就是将散落各处的细沙，拼成沙雕的过程罢了。"

"这种话，倒挺像苏老师说的。"王建材终于擦完眼镜，有余力反击了。

"那当然，我们家老师可是业内有名的金句王。"安茜面露崇拜之色，然后她问祝灯灯，"对了，祝灯灯，你怎么会来这里？难道你是……"

"没错，我就是，就是我。"尽管不愿意承认，但祝灯灯愿意承认。

"今晚的晚餐是你准备的？"

"所有的一切都是。"

"那太幸福了。"

"……你是想说辛苦吧？"

"就是幸福。"安茜说，"祝家小馆虽然很本格，但有幸为名侦探聚会操办晚宴，仍然是天赐的幸福。"

"这顿火锅和祝家小馆没什么关系啊。"祝灯灯听蒙了。

"你不是来送外卖的吗?"

"哎呀,你误会了。"祝灯灯总算明白过来,"我不是来送外卖的,我是蒙面作家的助手。"

"噗——"

王建材好不容易擦干净的眼镜又弄脏了。安茜没有顾及王建材,有些激动地说道:"祝灯灯,我就说你的身上有本格魂吧。"

"我的身上……倒还真有个魂。"祝灯灯喃喃自语道。

"我替你感到高兴!"

"谢谢,你高兴就好。"

安茜夹起一块豆腐,放进铜锅,问道:"祝灯灯,快跟我说说,你是怎么成为蒙面作家的助手的?"

"就比他优秀一点而已。"祝灯灯指了指王建材。

王建材叫道:"我们明明没有分出胜负!蒙面作家是我让给你的,我们家于老师也很厉害!"

祝灯灯根本就不关心王建材的事,现在三人也算熟悉了一点,她准备直入主题。

"安茜,你不是第一次来这里了,是吧?"

"对,我跟着老师半年前来过一次。"安茜咽下豆腐,答道。

"能跟我说说半年前那一次的具体情况吗?"

"具体情况?"安茜表情明显紧张起来,"你打听这个干吗?"

"我和王建材都是一次来,有很多地方不熟悉,万一给老师们添麻烦就不好了,这不是违背了助手的自我修养嘛。"祝灯灯打开一瓶啤酒,倒进安茜的杯子中,"你是前辈,我们要向你学习。"

王建材配合地站起身,朝安茜鞠了一躬。"对,前辈,我要向你学习。"

"不要一直朝我鞠躬了,我不是老师,我只是一个幸运的人而已。"安茜说,"而且,尊重是来自内心,并不是靠动作做出来的。"

"受益匪浅。"王建材从背包里拿出一本笔记本,开始记录。

祝灯灯问:"半年前那一晚,来做客的是哪些人啊?"

"就和今晚一样。"安茜不假思索地说,"我的老师和于老师都在,还有居老师。"

"谁是居老师?"

"居明辉,一个写硬汉派侦探的小说家,擅长以拳头、警告和拳头警告破案,脾气不是很好,我不太喜欢他。"

"那这个居老师这次怎么没有被邀请?"

"过气了。"安茜面无表情地说,"这个行业就是这么残酷,只有时下流行的才能享受一切,不再流行的侦探就只能被取代、被忘却。你看,今晚取代居老师的就是天才少年马行空老师。马老师的第一本小说上半年刚刚出版,正是行业内的红人,所以才会被邀请。"

"就是那本有三百多个密室的小说?"

"对。平均每一页都破一个密室。"

"那岂不是没有空间写人物和剧情了?"

安茜盯着祝灯灯看了一会儿,说:"本格推理小说要什么人物和剧情?"

"受益匪浅。"祝灯灯接着问道,"所以半年前,马行空没有来吗?"

"马老师没来。"

祝灯灯在心里默默把马行空的名字划掉,同时增加了居明辉。

"那助手呢？当晚他们的助手分别是谁？"

"这个问题问我你觉得合适吗？"

"我知道，有侦探在的地方看不到助手。"祝灯灯说，"但是总有侦探不在的时候吧，比如像现在这样。"

安茜回忆了一番，说道："当晚老师们休息之后，我们几个助手确实也像现在这样吃了一顿火锅。苏老师的助手是我，于老师的助手……他没有助手。"

"没有助手？"祝灯灯想起那个没来吃晚饭的秃顶大叔，问，"会不会没吃，直接进去休息了？"

"这我就不清楚了。"

"我清楚，于老师当时确实没助手。"许久没说话的王建材插嘴道，"就是因为上次没带助手，于老师觉得自己没面子，所以这次才请我做助手的。"

"是于老师主动请你的？"祝灯灯问。

"对，今天下午我两点多就去蒙面作家的面试点了，结果还没进屋，就被于老师截了下来，说'你连着两天来应聘，内心执着，且长相俊俏'，非要我做助手。"

祝灯灯在心里替安茜和周一非感到不值，看来这些侦探寻找助手时都很随便。

"于老师当时没有助手，那你说的那个居明辉居老师呢？他总有助手吧？"

"有的。"安茜压低声音说，"居老师的助手，就是马行空。"

"马行空不是侦探吗？"

"当时他还没出道。"安茜说，"半年前的聚会是一月九日办的，而马行空的处女作是在二月底发行的，所以他当时还不是侦探，只是居老师的助手而已。"

"可你刚才不是说马行空半年前不在这里吗?"

"我说的是'马老师没来',马行空来了。"

祝灯灯又在心里默默把马行空的名字加上,同时增加了疲劳感。

"那我的上一任呢?"祝灯灯问,"半年前,蒙面作家的助手,你肯定认识吧?"

安茜迷茫地看着祝灯灯,说:"半年前,蒙面作家和于老师一样,也没有助手。"

"不可能啊,蒙面作家这么大名鼎鼎的侦探,怎么会……"

"反正我是没看到。"安茜肯定地说,"当晚所有的食材和准备工作,都是蒙面作家老师亲自做的。"

那周一非是怎么回事?

"你们那天是几点到的?"

"和今天差不多时间吧。"安茜答道。

祝灯灯想了想,换了个问题。"张编辑半年前想必也没有来吧?听介绍说他是新的合作伙伴嘛。"

"对。"安茜喝了一口啤酒,"上次来的是原来的编辑。这位张编辑是第一次见,不知你们注意到没有,这个张编辑穿的衣服都是在模仿蒙面作家。蒙面作家的西服是特别昂贵的品牌,普通人怎么可能穿得起,但张编辑为了讨好他,租了一套一模一样的西服穿过来。"

"你怎么知道是租的?"

"西装领子上的吊牌还没剪掉呢。"安茜笑了笑,说,"这不是我发现的哦,是我老师发现,然后告诉我的。"

"这就是你发现的吧!"祝灯灯说,"你老师今晚全程坐在轮椅上,从她的高度是看不到张编辑衣领上有没有吊牌的。"

"祝灯灯！"安茜突然瞪大眼睛，"身为助手，不得妄言。"

祝灯灯根本不想和她争论，她观察到安茜酒量不行，现在已经进入微醺状态了，于是哄道："是，前辈说的是。王建材，赶紧记下来。"

王建材手忙脚乱地在笔记本上记录，嘴里喃喃念道："祝灯灯，身为助手，不得……妄怎么写……忘了怎么写。"

"对了，你刚才说上次来的是老编辑。"祝灯灯问，"那个老编辑是谁？"

"我说过吗？"

"你说过。"

"有什么证据？"

"我记下来了。"王建材展示笔记本。

安茜晃了晃脑袋，站起身说："我喝醉了。我要睡觉了。"

"前辈，我来扶你。"王建材也站了起来，走到安茜身旁。

祝灯灯看出来安茜是装的，不过继续追问下去肯定也得不到想要的答案。

两人将安茜送到羊之间门口，祝灯灯内心虽然还有很多疑问，但决定今天先作罢。

"对了，你们明天几点起床？"最后，她只问了一个无关痛痒的问题。

"我会叫你们的。"王建材说。

"你是鸡吗？"

"对，我住鸡之间。"王建材说，"我房间的衣柜里有一台闹钟。"

祝灯灯忽然脑子里闪过一个念头，还没等她理出头绪，只听安茜说："我可不等你叫，我还要挑衣服呢。我房间的衣柜里有很多好看的衣服。"

"祝灯灯,你房间的衣柜里有什么?"

"我……我没打开看过啊。衣柜里应该有东西吗——啊!"

刚刚闪过的念头被抓住了。

祝灯灯急忙告别两位助手,冲进了猪之间。她打开衣柜,看到里面塞满了食物。面包、薯片、坚果、三明治、蛋糕、饼干、巧克力……应有尽有。

"周一非,我对不起你。"

话音未落,祝灯灯就听到了一个熟悉的声音。

"灯灯,火锅真好吃啊。"胖乎乎的身影突然出现在祝灯灯身旁,说,"就是下午我胃里有些难受,整个人像被糖衣裹住了一样,无法呼吸,是怎么回事?"

6

周一非冲上来想要拥抱祝灯灯,祝灯灯本能地躲避,虽然没有躲开,周一非还是扑了个空。

"灯灯,半日不见,有什么新鲜事吗?"周一非嬉皮笑脸地说,接着表情突然凝固,只见他用手捂住嘴巴,眼睛盯着书桌。

然后,他缓缓转头,环视整个房间,脸上逐渐露出悲喜交加的表情。周一非走到衣柜,看了一会儿里面的食物,又来到床边,坐了上去。

可是他的身子穿过床,整个人以奇怪的姿态嵌在床沿儿,一动不动。

祝灯灯走到他跟前,发现周一非双手捧着脸,似乎在哭泣。

"周一非。"她不知道该说什么,只好也蹲下来,"你怎么了?"

"我在哭。"周一非呜咽道。

"别哭了。你回来了,应该高兴啊。"

周一非移开双手,祝灯灯看到他的脸上没有一丝泪痕。

"你是不是傻!"祝灯灯立马站起来。

"我真的在哭。"周一非也站起来说,"情绪到位了,就是没有眼泪。可能因为我不是人吧。"

"别老是用非人类的冷知识糊弄我,你压根就没哭!"祝灯灯说,"好了,你现在回到死去的地方了,今晚查明真相,我明天就走。这里一个个都不是正常人,我待不下去。"

"你见到我老师了吗?"周一非完全没有理会祝灯灯的诉苦,"他现在在哪里?"

祝灯灯指了指门口。"在对面的蛇之间睡觉呢。要我叫醒他吗?"

"不用不用,知道他在睡觉,我就安心了。"周一非洋溢着幸福的神色,"灯灯——"

"别叫我灯灯。"

"哦对,朱丁。"

"叫我祝灯灯!你取的什么破名字,结果我还是以本名应聘成功了。"

"那一定是我这个御守起了作用。"周一非说,"灯灯,你把今天发生的事跟我讲一讲吧。"

祝灯灯坐在床上,把从土屋面试开始,一直到周一非出现之前的详细经过讲了一遍。在这个过程中,她也顺便梳理了一下接触到的事情、发现的线索,讲完之后,感觉思路清楚了不少。在聊到蒙面作家和黄金馆的时候,周一非频频点头,有时候还会插几句嘴，但在介绍苏会凌、马行空这些客人时，周一非又露出茫然的神色。

讲述完之后，祝灯灯问："今晚这些人，有不少也出席过半年前的聚会，你一个都不认识吗？"

"不认识。"周一非摇摇头，"但是我听说过于九鸣、苏会凌这两位侦探的名字，毕竟都是很有声望的老师。"

"我听说于九鸣和蒙面作家关系很近啊。"

"道听途说的花边新闻而已。"周一非说，"和老师关系最近的，是身为助手的我。"

"蒙面作家长什么样？"

"不知道。"

"那你有什么资格说你和蒙面作家关系最近？"

"长相不重要，只是一个辨认的标志而已。有的人今天双眼皮，明天单眼皮，上午换了发型，下午多了皱纹。有的人前一刻是老虎，下一秒是兔子。本质上没有区别。"周一非说，"最关键的是，在茫茫人海中，不管此刻是什么长相，我们能认出彼此。"

"这是你不控制身材的借口吗？"

"嘿嘿。"周一非摸了摸圆滚滚的肚子，"我现在吃什么东西都由不得自己了。"

"你准备跟我装到什么时候？"祝灯灯突然质问。

"装……什么？我真的自己吃不了啊。"

"我问你，半年前的晚上，你被害的时候，黄金馆里到底有几个人？"

"不是在聊吃的吗，怎么突然问……"

"你心虚了。"祝灯灯指着周一非说，"你明明就很清楚，对吗？"

"我……"

"要吃芹菜。"祝灯灯和周一非异口同声道。

"我就知道你要说这个,不许岔开话题。"祝灯灯严肃地说,"是你要我帮你调查被害的真相,现在我们已经接近真相了,但是周一非,你不能再逃避了。你老实告诉我,你是不是早就知道,杀害你的人是你的老师?"

周一非没有说话。

"安茜跟我说,半年前的晚餐是蒙面作家亲自准备的。蒙面作家接人的交通工具是七人座小货车,半年前的客人名单是于九鸣、老编辑、苏会凌、安茜、居明辉、马行空,只有六个人,加上蒙面作家,正好可以坐满一辆七人座小货车。这意味着不用分两批,蒙面作家一次就能接完所有客人。既然安茜说没有看到你,那么很可能所有人都没有看到你。真相比我上一次的推理更加简单直接,根本没有客人迟到,也没有客人先到。他们是一起被接来的。而在被接来黄金馆之前,整座黄金馆内就只有蒙面作家和你两个人。"祝灯灯往下说道,"那么,当晚杀害你的凶手就只有一个人选,你的老师蒙面作家。因为杀完你后他必须去接客人,所以没有时间去寻找新的临时助手。他对助手的要求不高,哪怕只见过一面,哪怕是我这样不听话的人,也能成功应聘。这么爱面子、有地位的蒙面作家,一月九日当晚却没有助手,亲自准备晚餐,唯一的理由就是——他刚刚杀掉了自己的助手。"

周一非的呼吸越来越重,整个人随之变得越来越淡。祝灯灯拆开一包薯片,抓起一把塞进嘴里,周一非又逐渐清晰可见。

"这是一个再简单不过的结论。"祝灯灯边吃边说,"我在家里仅凭你的三言两语都能推断出来真相,可当时你拒不承认,非要我来黄金馆调查。而我到了这里,看到的一切,听到的一切,无一不在印证我的推论是正确的。后来我想,为什么你要否认这个结论?为什么当我说是你老师杀了你的时候,你总是义无反顾、毫无逻辑、不由分说地否认?因为——你其实早就知道,这是真的。

"你欺骗了我,周一非。你灵魂出窍后看到了凶手,但是你向我撒了一个完全不合常理的谎,说自己看不到凶手的脸,那是你第一次试图用非人类的冷知识来糊弄我。虽然你不想让我知道凶手是你老师,但你还是需要我帮你调查,因为在你心中有一个过不去的坎——你的老师,为什么要杀你?你真正想让我调查的,不是凶手,而是动机。"祝灯灯狠狠咬着薯片,"周一非,你有把我当成同伴吗?"

"我……"周一非想说什么,但最终没能说出口,他不敢看祝灯灯的眼睛,垂下了头。

"周一非,你回答我。"

祝灯灯又拿起一包薯片,双手合十将其拍开。

周一非整个人颤抖了一下,他微张嘴,过了一会儿才小声说出口:"对不起。"

"对不起什么!"

"对不起,灯灯。"

"我问你,对不起灯灯什么!"

"对不起,灯灯……妹妹?"

"啊啊啊……你是不是傻啊!!!"祝灯灯捏紧手中的包装袋,里面的薯片都碎了,"我要你说的是……"

"对不起,因为我是助手!"周一非的表情变得扭曲、痛苦起来,他大声说,"我承认我早就知道凶手是老师,我承认之前对你有所隐瞒。但有一点我从来没有骗过你,那就是助手的自我修养第二条:在任何情况下,都不能伤害侦探。"

"你在哭吗?"祝灯灯猜测道,"你的表情和刚才一样。"

"不是,我没有眼泪。"周一非的表情已经痛苦到极点,"对不起,对不起,对不起。我不能伤害老师,老师的身体,老师的精神,老师的名誉,我都不能伤害。我不能跟别人说他是凶手——不,他不是,他只是结束了我的生命而已,他只是又一次取消了我做人的资格而已。他不是凶手。你明白吗?"

"我不明白。"祝灯灯冷冷地说。

"是的,你不明白。"周一非的表情渐渐缓和下来,"我也没有奢求你的理解,我只是,我只是……唉,做鬼太难了。"

祝灯灯看着周一非,感觉心中有一股怒气无从发泄。其实,对于周一非利用她,骗她来调查这件事,她并没有很生气,生活中她早已明白人与人之间并不是完全坦诚的,反而因为有秘密、有自我,才会更加安全和轻松。令她最生气的是周一非的卑微。这种完完全全发自内心、一片热忱又逻辑自洽的卑微,命都没了却还要用最后一丝精神来维护侦探名誉的卑微,她却找不到一丝可以批判的地方。

周一非和安茜,就像在黑暗中嬉戏的孩子,阳光可以给他们健康,但也会惊扰到他们。

祝灯灯叹了口气,整理下心情,对周一非说:"除此之外,你还有什么隐瞒我的地方,可以趁现在说出来。我已经气饱了,这个时候说,我不会更生气。"

"没有了。我只隐瞒了老师杀了我这一点。"周一非诚恳地说。

"既然你不在意蒙面作家杀了你这件事,那又何必执着于想知道动机呢?"

"我想知道我哪里做得不对。"周一非说,"如果有下辈子,我会更好地服务他,不给老师添麻烦。"

"在你的下辈子开始之前,已经给我添麻烦了。"

祝灯灯放下薯片,又说:"周一非,我明天就会离开黄金馆。我也希望你能早日瞑目,不管有没有下辈子,都别来找我。"

周一非显得很悲伤。"那我能在一旁默默地守护你吗?"

"千万别。"祝灯灯连忙阻止道,"这就更变态了。总之,不要和我有任何关系。"

周一非低着头想了一会儿,忽然,他抬起头问:"灯灯,你说你明天就离开,难道你不想继续调查了吗?"

"调查已经结束了。"

"不行,灯灯!"周一非哀求道,"我能指望的只有你,你离开黄金馆,我也会跟着你离开,不行,绝对不行。我们现在就在案发现场,离老师只有一步之遥,离真相也是一步之遥,不能在这个时候放弃。我答应你,调查完之后,你要我做什么都可以,我会用剩下的时间来——"

"我没说不想调查。"祝灯灯说,"我说的是,调查已经,结束了。"

"有什么区别吗?啊!"周一非突然明白过来,"难道你已经……"

"没错,我已经知道蒙面作家杀害你的动机是什么了。"

周一非不敢相信地看着她。

"今天晚上,你居然已经掌握了这么多线索?"

"今天晚上,我经历的一切,看到的一切,都已经跟你说了,你知道的和我一样多。"停顿了一下,祝灯灯补充道,"不,你知道的比我还要多。"

周一非急忙说:"一样多,一样多,我已经没什么瞒着你了。

可是……今晚发生的事情,和半年前发生的事情没有关系啊。"

"你还真没有将伏线串联起来的能力啊!"

"别提串联了,我连伏线是什么都不知道。"

"也是。"祝灯灯说,"所谓的伏线,就是一条条提炼出来的信息,通过组合这些信息,就能得出——"

"我知道伏线是什么。"周一非打断道,"我说的是,我不知道,伏线是什么。"

"哦,具体的伏线啊。有十条。"

"这么多?"周一非惊讶道,"女生就是细心。"

"和性别没关系。你听好了,这十条伏线分别是:第一,七人座小货车;第二,蒙面作家永远戴着头套;第三,头套会换;第四,苏会凌坐着轮椅;第五,没收一切电子设备;第六,几次摔跤;第七,曾经因为撒娇就辞退过助手;第八,蒙面作家换了新编辑;第九,以十二生肖命名的十二个房间;第十,苏会凌被安排在牛之间。

"以上,就是足以推理出半年前你被杀动机的十条伏线,你串起来了吗?"

"服了。"周一非愣愣地说,"这伏线,太伏了。"

7

"所以,将这十条伏线串联起来,得出的结论是?"

"结论就是……"

祝灯灯突然闭上嘴巴,因为她看到房间门口探进了一个脑袋。

"祝灯灯,你是没睡觉还是在梦游?"王建材站在门口,谨慎地问道。

"还没睡。"

祝灯灯拍了拍脑袋,心想房门锁不上真是麻烦。

"你在和谁说话?"王建材问。

周一非也看到了王建材,问道:"他是谁?"

"王建材,于九鸣的助手。"

"我是问刚才,在我没来之前,你在和谁说话?"王建材扶着门框说。

"我在和鬼说话。"祝灯灯实话实说。

王建材笑了一下。

"我说了你又不信,那还问什么?"祝灯灯斜着眼说,"我要睡觉了,请不要打扰我。"

"你是不是压力太大了?助手可不是人人都能做的,我早就发现了,你根本不适合做助手。"

"赶紧去睡吧小朋友。你还在长身体呢。"

他们说话的时候,周一非慢慢走到了王建材跟前,仔细地打量着他。因为王建材被周一非胖乎乎的身体挡住,祝灯灯已经看不到他了。但她知道王建材的视线能够穿过周一非,看到自己。

"我比你高两个头呢。"王建材说,"啊我知道了,你就是因为要长身体,才大晚上吃这么多的吧?"

祝灯灯把手里的半包薯片扔到床上。"你以为是我自己想吃吗!"

"那不然呢?和你说话的鬼想吃?"

周一非吓了一跳,本能地向后退了一步。

"王建材,从某种角度来看,你也不太适合做助手。"

"对,我其实想成为侦探,应聘助手只是熟悉行业罢了。"

"你怎么还自顾自往下说了!"祝灯灯说,"现在都几点了,我要睡觉。"

"那明天晚上我能来找你聊天吗？"

祝灯灯呆住了。

周一非瞪大了眼睛，转过头看向祝灯灯，问："他喜欢你？"

"什么意思？"

"我想吃饼干、喝啤酒。"王建材指了指衣柜。

"你是因为我的房间有吃有喝，才想来聊天的吗？"

王建材眨了眨眼睛，说："不然呢？"

听到这句话，周一非长舒一口气。王建材的头发被微微吹动，他摸了摸自己的脸。

祝灯灯很生气。"你以为这是在春游吗！现在几点了！"

"我可以陪你到客厅去看时间。"王建材认真地说。

"我不是在问具体时间，我是在抱怨现在已经很晚了，你们都消失吧。"祝灯灯心力交瘁。

话音刚落，周一非就消失了。

王建材看了祝灯灯一会儿，笑着说："你这种性格，真的不适合当助手，明天晚上说不定是你哭着求我来陪你喝酒，听你哭诉。"

说完他就从猪之间的门口消失了。祝灯灯一把抓起床上的薯片，发现里面全都是碎屑，她仰起头，往嘴里倒，稍微咀嚼了两下就马上咽了下去。"周一非，你给我回来。"

"我回来了。"王建材再次出现在门口，"就知道你舍不得我。"

祝灯灯抓起枕头，砸向王建材。枕头刚离开祝灯灯的手，王建材就再次逃走了，周一非突然出现。枕头穿过他的脑袋，掉在身后走廊的地毯上。

"你看,发什么脾气呢。"周一非说,"还不是要自己捡?"

祝灯灯没理他,气呼呼地走出房间,她先观察了一下,走廊上空无一人,王建材应该已经回到鸡之间。随后,她捡起枕头,拍了两下,回到房间内,"砰"的一声关上了房门。

"再吃一包饼干吧。"周一非说,"我又快消失了。"

"我发现你现在停留的时间越来越少了,是怎么回事?"祝灯灯虽然嘴上抱怨着,还是走到衣柜前,"吃哪个口味的呢?"

"我要吃草莓的,谢谢。"

祝灯灯拿起一包巧克力口味的夹心饼干,装作没听到,她坐回床上,刚吃了两块饼干,周一非就像相机镜头突然对准了焦一样,果然清晰了不少。

"忘掉刚才发生的插曲,我们继续吧。"祝灯灯调整好心情,说道,"你准备好了吗?"

"你是在……问我吗?"周一非小心揣度道。

祝灯灯又拿起一块饼干,说:"难道我在问饼干有没有准备好被我吃吗?"

"啊。"周一非做了几个深呼吸,整个人又变淡不少,然后他乖乖站着说,"祝灯灯,请你告诉我,那十条毫无关联的伏线串联起来,能得出什么结论呢?"

"结论就是……"祝灯灯将夹心饼干一分为二,"蒙面作家是两个人。"

8

"先说第一条伏线:七人座小货车。"祝灯灯没等周一非反应过来,就直接往下说道,"面试通过后,蒙面作家就是用这辆车载着我来这里的。之后，我留在黄金馆内准备晚餐，蒙面作家则负责开车去接今晚的客人。除了他以外，没有人知道黄金馆的地址，所以客人要来黄金馆，只能他去接。"

"我记得我第一次来黄金馆的时候，也是老师开着货车接我来的。"周一非回忆道。

"只有第一次吗？之后呢？"

"之后，我就再也没有离开过这里。"

"抱歉我不该问多余的问题。"祝灯灯说，"总之就连你——没有做人资格的助手——蒙面作家都会亲自开车接送，说明这辆七人座车就是黄金馆与外界连通的唯一工具。我之前说过，半年前的一月九日，一共有六位客人，所以蒙面作家出去一次就接到了所有客人。今天，蒙面作家同样只出去一次就接完了所有客人，但和半年前不同的是，今天有七位客人。"

周一非掰着指头数了起来："刚才的那个傻小子王建材、沙雕大师于九鸣、情感大师苏会凌、苏会凌的助手安茜、诡计小天才马行空、马行空的助手秃顶大叔，还有蒙面作家的新任编辑张编辑。确实是有七位。"

"看出矛盾了吗？七位客人，加上司机蒙面作家，一共有八个人——但小货车核载七人！"

"这……"周一非慌张地说，"好挤啊。"

"你是不是傻，这不是挤的问题好不好！"祝灯灯无奈地说，"你换个角度看问题：小货车除了蒙面作家之外，最多运载六人，而今晚出现在黄金馆的客人数量却是七人。这说明，有一个人没有乘坐小货车来黄金馆。"

"可是你刚才说，小货车是唯一的交通工具啊。"周一非不愧是职业助手，每一句话都接得妙到毫巅。

"多出来的那个人不是今晚才来的,他一直在黄金馆内。"祝灯灯说,"蒙面作家出去接客时,我以为整个黄金馆只有我一人。但其实当时还有另外一个人在。"

"那你怎么没看到这个人?"

"这里一共有十二个房间,其中只有助手的房间是不上锁的,而侦探的房间全部上锁。当时那个人肯定就躲在其中一间侦探的房间内,等到蒙面作家把客人们接来黄金馆,他才出现。"

"有新的人出现,客人们不会觉得奇怪吗?"

"不会,对他们来说,我也是新出现的人。他们只会认为那个人和我一样,是前一批抵达的客人。"

"原来如此,不是你聪明,而是能够察觉到不对劲的人就只有你。"

"是能够察觉到不对劲的人只有我,再加上我聪明,才会发现的!你自己明明什么都想不到,有什么资格说我?"

"我有资格。如果你把我召唤出来,我可以无视锁住的房门,直接穿进去查看,说不定当时就发现了。"

"你以为我没有努力吗?"祝灯灯想到这个就郁闷,"当时我还没有得出这么明确的结论,只是隐隐觉得侦探的房间内说不定藏着什么。可是我不知道我房间的衣柜里有那么多食物,把自己带来的麦丽素都吃完了,还是没能召唤出来你。"

"怪不得我肚子有点难受。"

"肚子难受的是我!"

"一样,一样。"周一非思忖片刻,说,"那当时躲在黄金馆内的另一个人,是七个人中的谁呢?"

"当时躲在黄金馆内的,不是七位客人中的任何一位。"

"咦?"周一非糊涂了,"你刚刚不是说,他躲在房间里,等客人到齐了再加入他们吗？"

"你想呀，如果是正常的客人，根本用不着躲着不出来，反正之后也会以客人的身份出现，不如大方地向我介绍：这位是稍早之前就抵达的某某某。对吗？"祝灯灯问完，没等周一非回答就公布了答案，"除非是这种可能——当时躲着的人我已经见过了，也就是蒙面作家。"

"可老师不是出去接客了吗？"

"对啊，你也发现了吧。所谓矛盾，其实不是问题，而是答案啊。"祝灯灯模仿苏会凌的口吻说，"躲在黄金馆内的是蒙面作家，出去接客也是蒙面作家，这个矛盾意味着一个答案：蒙面作家是两个人。"

这不是周一非第一次听到这句话，不过他还是忍不住倒吸了一口气。

"第二个伏线，蒙面作家总是戴着头套的理由，现在也清楚了吧？"祝灯灯接着说，"总是戴着头套，外人就不知道他的性别、年龄和长相了。而且他还会经常更换头套。周一非，你知道你老师换头套的规律吗？"

"知道啊，每隔一小时换一次嘛。"

"你怎么知道的？"祝灯灯惊讶地问。

"所有人都知道这一点，他在书的后记里写了。"

"什么嘛！我还观察了老半天才得出这个规律。"祝灯灯说，"第一天面试的时候是下午四点，他戴着兔子头套。第二次面试我去早了，三点多就抵达面试现场，看到他戴着老虎头套。今天晚上我们来到黄金馆的时候已经晚上十点多，蒙面作家说给我一分钟时间回房放行李，放完行李出门，他又换成了公鸡的头套。而晚上侦探们一起吃火锅的时候，他明明一口都没吃，却特意在刚过十一点的时候，回房间换了狗头套。经过长时间的观察，再加上这里房间名字的提示，我才得出这一结论——蒙面作家会根据时间和生肖顺序来更换头套，一点是老鼠，两点是牛，三点是老虎，四点是兔子……"

"对，这些他都在后记里写得清清楚楚。"周一非适时说道。

"书写得这么难看，这种关键信息为什么不写在前言！"祝灯灯吐槽了一句，接着往下说，"好了，换头套是第三条伏线。为什么要这么麻烦每天换十几二十次头套？因为蒙面作家有两个人，他们是轮流出现的。为了让两人的差异不被外人察觉，所以将其掩盖在频繁的头套更换里面。比如，抵达黄金馆后，蒙面作家给我一分钟放行李，但其实他是在给自己更换头套的时间。想必那个时候，另一位蒙面作家早就戴着公鸡的头套等在蛇之间了吧。人的认知是很奇怪的，如果一个人进屋，三十秒后戴着同一个头套出现，我也许会怀疑他是不是原来那个人。而如果三十秒后戴着不同的头套，我反而不会怀疑他是不是原来那个人了，好像我的心里已经接受了'他换了一次头套'，就不会再去考虑'身份变换'这件事了。

"至此，我已经解释了蒙面作家为什么是两个人，以及他们是如何掩盖这一点的。为了区分两位蒙面作家，暂且把面试我、送我来黄金馆的蒙面作家叫作老蒙；而在黄金馆内等待接班，后来戴着公鸡头套出现的叫作小蒙吧。"

"那老蒙和小蒙具体是什么关系呢？"

"问得好，不愧是职业助手。"

"应该的，应该的。"

"这个问题一开始也困扰了我好一阵子，后来是第四条伏线：情感大师苏会凌全程坐着轮椅，让我想到了一种可能性。"

"什么可能性？"

"我先跟你说一个额外的线索，整个黄金馆除了安茜和我之外，应该没有其他人知道的线索，就是苏会凌的腿一点毛病都没有。"

"这个我知道啊。"

"你怎么又知道了？"祝灯灯有一种不祥的预感。

"她也在后记里写了。"

"果然……那她的腿没事，为什么整天坐着轮椅？"

"因为她的腿断了。"

"我再给你一次重新组织语言的机会。"

"我的意思是，苏老师是安乐椅神探，所以必须有一双断腿"周一非满脸崇拜之情，"所谓安乐椅神探，就是坐在轮椅上，动动灰色脑细胞就能破案的神探。

祝灯灯对苏会凌刮目相看。

周一非说："打造出一双断腿后的苏老师，第一本作品销量居然比我老师的还要高。之后她就成为一线侦探，人气再也没有下降过。"

祝灯灯想了想，说："怪不得那天她到快打烊的时候才来吃饭，原来是为了掩人耳目。"

"什么意思？"

祝灯灯将那天晚上安茜和苏会凌来祝家小馆吃饭的事说了一遍。"和我的推理没有出入，苏老师还是隐瞒了自己的真实身体情况。为了成为人气作家，她给自己打造了自断双腿的安乐椅神探人设，说的话也都是无病呻吟，看似很有哲理。其实她根本就没有打断双腿，平时说话也完全不是这样，甚至她还有一个关系不好的儿子。堂堂情感大师、安乐椅神探，只是一个有亲人、有秘密、有突然想吃的东西、普普通通和常人没区别的老太太罢了。她和安茜无时无刻不在小心维护着虚假的形象——就和蒙面作家一样。"

周一非的表情逐渐凝重。"你是说老师也……"

"对，侦探也是普通人，蒙面作家也逃不过七情六欲和儿女情长。"祝灯灯缓缓说道，"小蒙，是老蒙的儿子。"

周一非应该完全没有想过这种情况，他看起来明显受到了强烈的冲击，他摇着头，眼神中流露出惊恐。

祝灯灯没想到这番话会给周一非造成这么大的打击。她没有信仰，不过她很快就明白，自己刚才的话无异于将一尊神拉下神坛，而偶像崩塌意味着什么——这种事情在如今的网络上、历史的浪潮中屡见不鲜。

"我不相信你说的，不过我想不出如何反驳你。"周一非说，"请继续往下说。"

祝灯灯看出来周一非正在努力克制自己，她心里划过一个念头，一个人如果永远生活在梦中，是不是也是一种幸福？如果是的话，叫醒他就是一种残酷。不过事已至此，想这些也没用，她只能继续往下说。

"通过苏会凌，我还了解到一件事。"祝灯灯说，"虽然苏老师是一线侦探，但她的儿子生活得并不好，甚至看起来有点窘迫，他们的关系不能公开，儿子不能因为母亲的成就而享受任何荣光。这说明侦探是孤独的职业，终其一生只能扮演一台毫无情感的思考机器。没人能够接受侦探要照顾孩子，没人能接受侦探向人求婚甚至被拒绝，没人能接受侦探向某人大声告白'我爱你'，没人！

"所以当蒙面作家有了孩子之后，他没有选择放弃一切公布真相,而是运用自身特点,将孩子留在了身边,反正也没人知道他的长相、年龄。同时这么做还有一个好处——侦探的身份因此得到了继承。"

周一非脸上没有任何表情,祝灯灯甚至不知道他还有没有在听。

"当小蒙长大后,老蒙就开始和小蒙交替出现在别人面前,以此让小蒙熟悉人脉,熟悉行业。当然,这件事不能让任何人知道,包括助手也不行。"祝灯灯说,"时间一天天流逝,小蒙已经可以独当一面,而老蒙也步入了老年。周一非,你觉得蒙面作家多大?"

"我没考虑过这个问题。"周一非低声说道。

"是,对你来说他是神,不用考虑神的生老病死。但他终究是个人。让我确信老蒙年纪已经很大的原因有两点。首先,每一个进入黄金馆的客人都会被没收电子设备,表面上的理由是黄金馆遵循黄金时代的风格,禁止破坏公平的电子设备进入,但真正的理由,应该是老蒙年纪太大,不擅长使用电子设备吧。科技的迅速发展一定让他反应不过来,人类已经离不开这些玻璃奶嘴了。如果黄金馆内允许出现电子设备,他和小蒙的转换就会变得很突兀,有时候可以熟练使用现代化设备,有时候又笨手笨脚,难免露出马脚让人怀疑。所以他以遵循黄金时代遗风为借口,禁止一切电子设备进入黄金馆。其次,他的腿脚和体力已经大不如前了。我和蒙面作家接触不过短短几个小时,他就摔了好几次跤。

"现在明白了吗?老蒙操劳了一天,将我送到黄金馆之后,他必须回房休息,让小蒙出去接今晚的客人。但老蒙不能让我发现他在,因为对我来说,这个老人不是今晚的客人,他只能是蒙面作家。而当小蒙将所有的客人接到之后,又轮到老蒙登场,小蒙则成为客人中的一员。"

祝灯灯讲到这里,停了下来,她要给周一非一些消化的时间——情感上,以及思路上。周一非也没有说话,只是低着头沉思,整个人又变透明了。祝灯灯默默抓起饼干,放进嘴里。

毫无滋味。

过了许久,周一非才开口说道:"你说小蒙是今晚的客人之一。"

"对。"

"再结合年龄推断,范围很窄啊。"周一非苦笑着说,"不要跟我说,是刚才那个王建材。"

9

"不是。"祝灯灯干脆地否认。

"那是谁?"

"张编辑。"祝灯灯说,"别忘了,蒙面作家每次只换头套,衣服是不换的。而蒙面作家平时的穿着是西装套装,短时间内很难换好。那个张编辑,穿着和蒙面作家一模一样。当然除了这一点,还有分配的房间也能说明问题。"

"如果我记得没错的话,张编辑住在龙之间,就在蛇之间隔壁。"周一非说,"他们的房间离得最近。"

"不只如此。"祝灯灯说,"还有房间的意义。我原本以为十二生肖房只是随便取了十二个名字而已,但后来发现不是这样的。王建材住在鸡之间,只有他的房间有闹钟,同时他肩负着叫大家起床的任务,这和公鸡的特性一样。安茜住在羊之间,羊的特性之一是羊毛可以做衣服，所以她的房间内有很多衣服。知道了这两点，我马上回到这里打开衣柜，果然，猪之间里面有很多食物。旁边狗之间不是客房，而是一件杂物间，因为狗是人类最信任的伙伴和助手。我还没有查看过其他房间的衣柜里有什么，但我想这不是巧合，房间特性和房间名字是相互关联的！知道了这一点，再去看蒙面作家的蛇之间和张编辑的龙之间——龙和蛇的形态相似，暗指两人是同一个人。同时，'望子成龙'是老蒙对小蒙的殷切希望。

"知道了蒙面作家的秘密，再去推理他杀害你的动机就很容易了。在两人交换轮替扮演蒙面作家的时候，一定有不少次差点露馅，所以蒙面作家经常辞退助手。在车上，他跟我说有一次仅仅因为助手撒娇就将其辞退。你知道吗，老板用这种理由辞退员工的时候，就说明这不是真实原因。"

"所以……我是因为无意间发现了老师的秘密，才会……"

"本来我也以为是这样，但还有最后两个伏线，让我觉得事情可能并没有这么简单。"

"最后两个伏线我记得是……第九和第十吧？"

"真是过耳不忘。"祝灯灯说，"其实是第八条和第十条。蒙面作家换了新编辑，以及苏会凌住在牛之间。这次聚会的目的是为了将小蒙以张编辑的身份介绍给众人，那为什么要这么做呢？"

"是啊，为什么呢？"周一非明白过来，"他们完全可以像以前那样，两人轮流扮演蒙面作家，为什么让其中一个出来当编辑呢？"

祝灯灯注意到这是周一非第一次没有称呼蒙面作家为"老师"。

"今晚我得知,蒙面作家原来是有一个老编辑的,可就在一月九日之后,老编辑不见了,直到今天小蒙成为新任编辑。我不禁怀疑,半年前,无意间发现蒙面作家秘密的人其实不是你,而是原来的编辑。因为这件事,蒙面作家不得不重新思考策略,助手可能因为情感的原因而选择不揭露秘密,就像安茜一样。但编辑不会,对编辑来说,两人只是合作关系。所以蒙面作家必须杀了他。"

"事实上,当我谈及原先的编辑时,安茜顾左右而言他。另外,明明鼠之间距离客厅最近,却安排腿脚不便的苏会凌住牛之间。没有人的鼠之间为何不让人进入?我能想到的理由是——因为里面有老编辑的尸体。"

"可如果真是这样,那岂不是意味着苏会凌和安茜本来就知道老师的秘密,还甘愿替他保密?"

"对,其实关键人物是苏会凌,只要她选择保密,安茜也会跟着保密。"

"不可能。"周一非否定道,"同行即对手,知道竞争对手这么大的秘密,有什么理由帮对方保密呢?"

祝灯灯沉吟了一下,说:"很简单。小蒙,是她和老蒙的孩子。"

周一非沉默了一阵,突然笑了。"不可能,你越说越离谱了,你前面说的都是没证据的胡言乱语吧。我,一个这么微不足道的助手被害,怎么就扯出这么大的内情了。"

"其实推理到这一步,你被害的动机还是没有确定。有可能是因为发现了蒙面作家的秘密,有可能是目击了蒙面作家杀人,还有可能……"

"有可能我是自杀的。"

"有可能蒙面作家杀掉你,只是想让你成为替他顶罪的凶手!"祝灯灯不顾周一非的打岔,激动地说,"我现在就陪你出去,你可以穿过鼠之间的门,用自己的眼睛看看里面到底有什么!"

"我……"周一非的身体模糊起来,"我饿了。"

祝灯灯将剩下的饼干一口气塞进嘴里。

"我饿了!"

"我已经在吃了!"

"我饿了,你吃有什么用!"

祝灯灯停止咀嚼,鼓着嘴仔细聆听,才发现后面两句的声音来自门外。她慢慢下床,走到门口,打开了门。外面赫然站着王建材。

"我在长身体。"王建材傻笑着说。

"你在外面站了多久了?"

"啊,消失了!"王建材指着屋内说。

祝灯灯赶紧回头,发现周一非已经不见。她将嘴里的饼干咽下,周一非重新回到了房间内,也正紧张地看着门口。

"你能看到?"祝灯灯问。

"我近视,但不瞎。"王建材说,"我看中的巧克力夹心饼干,它消失了。"

祝灯灯悬着的心放了下来。"你不睡觉的吗?"

"你不也是?大半夜的,还想去鼠之间调查呢。"

祝灯灯的心又揪了起来。

10

祝灯灯故作淡定地问:"你听到什么了?"

"我听到了孤独。"王建材强忍着笑说,"一个人在房间里吃着东西、自言自语,真的太孤独了。"

"大半夜不睡觉在走廊上徘徊的人,有什么资格说别人孤独。"

祝灯灯在心里判断着王建材究竟听到了多少,最后一段要去鼠之间调查他听到了,但之前呢?

"你想去鼠之间调查什么?"王建材问。

祝灯灯不由自主地看向周一非,周一非摇了摇头。他明明就算说话也不会被其他人听见,但还是谨慎地紧闭着嘴。于是祝灯灯也牢牢闭着嘴。

"你不说我也知道。"

祝灯灯心想,他果然听到了。

"你就是想去侦探的房间看一看吧?我又何尝不想呢!"

祝灯灯心想,他果然是白痴。

"不过侦探那边的房间都锁着,没法进去,所以我也只能想想,但你不一样。"王建材直勾勾地盯着祝灯灯,说,"祝灯灯,你,可以进去吧?"

祝灯灯鼓起勇气问:"你……你为什么说我能进去?"

"被我猜对了!"王建材很高兴,"因为你是蒙面作家的助手,有万能钥匙吧?"

祝灯灯和周一非松了一口气。随着这口气呼出去,周一非又消失了。

"我没有万能钥匙。"祝灯灯说,"如果你没有其他事,我要关门了。"

"我有事,我想吃东西。"

"打烊了。"

"我只想吃一包麦丽素。"

祝灯灯感到不对劲。"你怎么知道这里有麦丽素?"

王建材指着屋里,祝灯灯回头,看到书桌上有空掉的麦丽素包装袋。

"你都吃了那么多了,给我吃一粒都不行吗?"

"我全吃光了。"

"你是猪吗?"王建材的声音越来越大。

"你小声一点啊,会把别人吵醒的。"

"堂堂黄金馆,隔音不至于这么差吧。"

话音刚落,斜对面龙之间的门打开,穿着西装的张编辑走了出来。一时间三个人全都愣在门口,一言不发。过了一会儿,张编辑退回了龙之间。

张编辑离开后,王建材才慢悠悠地说:"是不是我们把他吵醒了?"

"不是我们,是你。"祝灯灯小声说。

"不过他应该本来就要出来,你看他还穿着西装呢。"

"也许他的睡衣也是西装。"

话虽这么说,但祝灯灯心里同意王建材的观点。从张编辑的反应来看,他显然不知道走廊里有其他人,而且他穿着全套西装,头发也保持着造型,显然根本就没有睡下。最具决定性的证据,同时也最让她感到匪夷所思的是,张编辑看到他们之后,居然沉默地退回了房间,而不是见机行事呵斥他们吵闹,或者若无其事地出门继续原本的行动。

可见,张编辑大半夜出门一定有着不可告人的理由。至少不可以告诉助手。

想到这里,"张编辑就是蒙面作家之一"的推理理应变得越发牢固。可是,祝灯灯心中却有了些许疑惑,这个疑惑来自刚才王建材说的某句话,这句话在当时的情景下听起来无关紧要,但就像光滑的被面上出现了一根线头,让人总想去拉扯它。

"你在想什么?"王建材的发问打断了祝灯灯的思考。

"哦,没事,脑子有点转不动。"祝灯灯说,"也许是困了吧。"

"也许是你想多了。"

祝灯灯现在懒得跟他争,她走回房间,从衣柜里拿出几包饼干和薯片,还有一包果冻。

"回你房间吃,别再打扰我了。"

王建材接过食物,动了动嘴唇,最后说道:"谢谢……"

没等他说完,祝灯灯已经关上房门,但依然能听到王建材的声音。

看来,堂堂黄金馆,隔音真的好不到哪去。

祝灯灯改变了计划,她没有再召唤出周一非,而是关了灯躺在床上,看着漆黑一片。

她想了很多,不知道过了多久,不知道外面发生了什么,也不知道眼睛是睁着还是闭着,是清醒还是在梦中。脑中有很多东西在转,说过的话、看到的景象,以及之前的推理——看似无懈可击的推理——统统在一个旋涡边打着转。忽然这个旋涡变成一杯冲调的饮料,开水加粉末,勺子逆时针旋转。那些粉末看似已经融进水中,变成美味的热饮,结果发现杯子底部还积着一块。

半夜出门的张编辑、神秘的蒙面作家——这两个形象就是积着的粉末。他们真的能融到一起吗?

对了,黄金馆的隔音很差,这一点她应该早就知道啊。毕竟隔着猪之间的门,她都能听到王建材的声音,而王建材也能听到她说想调查鼠之间一事。

王建材还说了什么，引起了自己的疑虑？根据之前的推理，原本接下去的计划是去确认鼠之间是否有尸体，以及蒙面作家是否是老年人。然后她的调查任务完成，明天就能离开黄金馆。

可就是因为那个疑虑，让祝灯灯的推理开始动摇。

祝灯灯试图回忆，却怎么也想不起来，看来脑子是累了。混沌的感觉袭来，祝灯灯迷迷糊糊地陷入了浅眠中。

11

叫醒她的是猛烈的敲门声。

敲门声连续响了好几下，祝灯灯才有所反应。她本能地摸了摸枕头边，摸索了半天也没摸到手机，接着她回忆起这不是在祝家小馆，而是黄金馆的猪之间。于是她彻底清醒，大脑一片澄澈。身体的感觉告诉她，睡得很饱。

在走向门口的途中，祝灯灯快速算了下。昨晚发生了很多事，尤其被王建材三番五次打扰，等到睡着至少在一点半之后。既然能睡这么饱，想必此刻已经是第二天的中午了吧。

王建材的房间有闹钟，负责叫人起床。难道在外面敲门的人是他？

祝灯灯打开门，发现门外站着的果然是王建材。

"祝灯灯，出事了！"

门刚打开，王建材就急不可耐地说。

"我这不是好好的吗？"

"不是说你出事了，是……总之你去客厅看吧。"

祝灯灯这才发现，王建材的身后，于九鸣正在敲蛇之间的门,嘴里喊着:"老蒙,你没事吧?老蒙!!"

祝灯灯走到走廊,看到大部分的房门开着,客厅那边传来骚动的声音。

"客厅里出什么事了?"祝灯灯问王建材。

王建材本来想帮于九鸣一起敲蒙面作家的门,可是他看了眼祝灯灯,说:"我带你去吧,不然你会晕倒的。"

说完,他转头对于九鸣说:"老师,我一会儿再来帮你敲门好吗?我想先带祝灯灯去客厅。"

于九鸣根本没理,继续敲门。

客厅内已经有不少人。苏会凌坐在轮椅上,安茜站在后面。她们旁边孤独地站着马行空的助手——秃顶大叔。而马行空则蹲在地上,不知在看些什么。

祝灯灯下意识地看了眼墙上的时钟,长短两根指针指向的时间是七点一刻。才睡了这么点时间吗?

再往前走了两步,祝灯灯终于看到发生什么事了。地上一动不动趴着一个穿着西装的男人,看不到脸,后脑勺血肉模糊,头发凌乱地粘在一起。他的旁边,昨天晚上吃火锅的铜锅翻倒在地,铜锅的边缘有明显的血迹。

马行空小心翼翼地转过西装男的头,然后说:"你们看看他是谁?"

苏会凌坐在轮椅上伸长了脖子,说:"我们的距离不只生死,还有好几十厘米。我看不见。"

祝灯灯靠近了一点,发现马行空闭着眼睛。

"快,随便谁,助手也行,告诉我他是谁。"马行空紧闭着眼睛,双手颤抖地叫道,"是张编辑吗?"

祝灯灯看了看死者,发现这张脸很陌生。她回过头,想向王建材确认，却发现王建材已经晕倒在地。

"我……不认识……"祝灯灯不知道自己是在对谁说话，"但不是张编辑。"

这时安茜走了过来，她看了眼尸体，确认道："对，不是张编辑。张编辑头发没这么乱。"

"头发是被凶手打乱的！"祝灯灯说，"是长相，这个人我没见过。还有，西装的衣领处没有吊牌。"

"哦？谁在说话？"马行空忍不住睁开眼，"你不是助手吗？一个助手怎么能发现这么多细节？"

祝灯灯站起身，厉声道："都什么时候了，还助手不助手的，有人被杀了啊！"

这时于九鸣慌张地出现在客厅，上气不接下气地说："不好了，老蒙他……不在房间里。"

"他死了。"祝灯灯说。

祝灯灯觉得眼前发生的一切是那么荒诞。不过她还是振作起精神，向大家宣布："这具尸体不是张编辑，而是蒙面作家。他是被人用铜锅击打头部身亡的。"

"啊！！！"马行空好像现在才明白过来，他跌坐在地，盯着尸体，双脚用力蹬，试图逃离。

与他相反，于九鸣扑到了尸体上，大声痛哭起来。

祝灯灯环视一圈，问道："张编辑呢？他在哪里？"

"都有人死了，还找什么编辑！"马行空在地上号叫着。

"就是因为有人死了，才要找齐所有人！"

祝灯灯没想到在这种情况下，自己能如此的沉着，反倒是那些平日里开口闭口都是侦探、谋杀、凶手的老师，看起来一个都靠不住。

"电话呢，电话在哪里？"祝灯灯问道，"先报警。"

"电话都被没收了。"安茜答道。

"这里总有一台座机吧！"

"没有，我找过了，这里没有任何通信设备。"

祝灯灯走到连通楼梯的门口，推了一下，发现门锁着。她想到，这扇门的钥匙只有蒙面作家有。

"于老师，麻烦你检查下尸体衣服的口袋，有没有钥匙。"

于九鸣抹了一把眼泪，认真地翻动尸体身上的西装，结果一无所获。

"那就是在蛇之间。"祝灯灯说，"或者在张编辑身上。"

"张编辑又不是黄金馆的主人，怎么会在他身上？"

"解释起来太麻烦，总之……"

这时，祝灯灯看到晕倒在地的王建材动了一下，她赶紧走过去，拍了几下他的脸，王建材悠悠醒来。"祝灯灯，你怎么倒了？"

"白痴，是你倒了！"

"一样，一样。"

"你能起来吗？"

"我有点贫血，想吃麦丽素。"

"你有完没完！我去给你找饼干……不对，为什么所有的事情都要我来做！"祝灯灯转过头，对着安茜说，"安茜，你去猪之间给他拿点吃的。然后于老师，你能去蛇之间找大门的钥匙吗？我去龙之间把张编辑叫起来。"

于九鸣站了起来，朝祝灯灯点点头，和安茜一起离开了客厅。马行空此时也站起了身，他轻蔑地嘲笑躺在地上的王建材："废物。"

王建材受到刺激,发出"啊"的声音,一个鲤鱼打挺,失败了。在场所有人都听到骨头裂开的声音。

王建材捂着脚踝,在地上翻来覆去,脸上疼出了冷汗。

马行空脸色一变,随即冷淡地说:"别装了。"

祝灯灯叹了口气,蹲下身子,用手稍微触碰了一下王建材的右脚脚踝,王建材发出撕心裂肺的叫声。

"他真的骨折了。"

此刻,祝灯灯甚至有点羡慕蒙面作家,可以不用面对这么荒诞的状况。

"秘密之所以甜美,不是因为无人知晓,而是因为仅有少数人知晓。我现在要公开我的秘密。"

能够说出这番话的,自然只有苏会凌。说完这句话之后,她从轮椅上站了起来。

"让他坐我的轮椅吧。"

恰好这时,安茜手里拿着两包饼干走回客厅,看到自己的老师从轮椅上站起身,她像被人按了暂停键一样,突然停下动作,仿佛呼吸也暂停了。两包饼干摔在了地上。

马行空走到安茜身边,捡起地上的饼干,拆开吃了起来。

祝灯灯看着眼前发生的一切,觉得杀人事件都没那么意外了。她甚至有点绝望地想:凶手加油,无人生还吧,累了。

她逃离客厅,来到走廊。龙之间的门紧闭着,她拍了两下,叫道:"张编辑,张编辑!"

里面没有任何回音。

于是她来到蛇之间,发现侦探的房间和助手的并没有什么区别,此刻于九鸣正在书桌里翻找钥匙。

"于老师,钥匙找到了吗?"

于九鸣回过头。"哦，祝灯灯啊，没找着。张编辑呢，出来了吗？"

"我敲了半天没人应。"

"那要不找人撞门吧？"

祝灯灯考虑了一下，与其找那些人来撞门，她有更简单的方法。另外，刚起床就这么疲劳，她也确实需要吃点东西。

她回到猪之间，随手抓起就近的食物填进肚子。过了一会儿，周一非出现了。

"灯灯，他走了吗？"周一非问。

"谁？"

"王建材啊。"

"哦，你说的是昨晚的事，现在已经是第二天早上了。"

周一非露出失望的神情。"原来走的人是我……那你们昨天晚上……没聊多久吧？"

"现在不是说这个的时候。"祝灯灯打断他道，"周一非，黄金馆出事了。"

"出什么事？"

"有人被杀了。"

"谁？"

祝灯灯突然说不出口。她无法判断若如实告知"蒙面作家被杀了"，周一非会做出什么反应。

"总之，你先帮我去一个房间，看看里面有什么。你是鬼魂，能直接穿过去的，对吧！"

"包在我身上。是鼠之间吗？"周一非跃跃欲试。

"不，龙之间。"祝灯灯说，"张编辑的房间。"

"我不能去。"周一非的脸色突然沉了下来。

"为什么？"

"根据你昨天晚上的推理，张编辑是小蒙，是我的老师。"

"是你的老师，那你就更应该关心他发生了什么事啊。"

"我不能去。"周一非坚决地说道，"助手不能无缘无故闯进侦探的房间。"

"你怎么这么固执！"祝灯灯生气极了，"现在都什么时候了。客厅里发现了尸体，只有张编辑还没出房间，敲门也没反应，这么紧急的情况你还要遵守什么自我修养吗？"

"客厅里的尸体是谁？"

"……反正不是张编辑。"

"你刚刚说张编辑的房间，敲门没反应？"

"对。所以想让你进去确认一下。"

"完了，不用确认了，敲门没反应那就是死了。"周一非哭丧着脸说，"本格推理小说里面的老套路了。"

"这不是小说！"

周一非没有管她，哭了起来。

"怎么先哭起来了，张编辑死没死都还没确认啊！你就不能去看一眼再哭吗？"

"我不去，一定死了。太残忍了，我不能独自去看老师的尸体。他一定死得很惨。"周一非闭着眼睛摇头拒绝。

祝灯灯说："周一非你冷静一下。你现在什么都不要想，就穿过龙之间的门，看看里面是什么情况，然后马上出来告诉我，能做到吗？"

"做不到！张编辑就是我老师，我不能闯他的门。"

"谁说张编辑就是你老师了！"祝灯灯吼道。

"你说的！"

"我……"祝灯灯停了下来,这一瞬间,她忽然想通了昨晚一直没想通的问题,"张编辑是蒙面作家?"

"对啊,你昨晚说的,无懈可击的推理。"

祝灯灯突然叫道:"天哪,我知道为什么我今天老是想到麦丽素了!"

"因为爱吃。"

"不!因为麦丽素,所以蒙面作家不是两个人,而是一个人,一直是一个人!张编辑就是张编辑,他不是蒙面作家,不是你的老师。我太傻了,周一非,你说我是不是傻?"

周一非皱着眉说:"……现在有点。"

"我当然傻!十条伏线推理出来的结论,用麦丽素一条伏线就能推翻!"

"灯灯,你现在是和麦丽素组队来说服我吗?"

"不,我没有在说服你,我是在反思自己!"如果周一非有实体,祝灯灯真想抓住他的肩膀,"昨天蒙面作家出去接客之前曾经跟我说'给我一包麦丽素'。我想了一晚上,原来就是这句话。"

"这句话怎么了?"周一非纳闷地问。

"他知道我有麦丽素——这就是最大的问题。"祝灯灯说,"黄金馆里没有麦丽素,在遇到我之前,不管是你还是蒙面作家,甚至都不知道麦丽素这种食物,还以为是某种毒药。可是,在他准备离开黄金馆去接客人之前,却对我说要一包麦丽素。"

"你不是在车上吃过麦丽素吗?他当然知道了。啊——"

周一非叫了一声,终于反应过来。

"你也想明白了。"祝灯灯说,"根据我之前的推理,出去接下一批客人的蒙面作家和开车送我过来的蒙面作家是两个人,既然换了人,他就不可能知道我有麦丽素这件事。可事实是,他知道,并且还跟我说能不能给他一包麦丽素。这说明,我的推理是错的,蒙面作家是一个人。"

周一非看起来将信将疑,他谨慎地问道:"如果你昨天的推理是错的,那怎么解释七人座的小货车一次性接了八个客人这件事呢?"

"这件事嘛……"

走廊里的吵闹声逐渐变大,大家都聚集到了紧闭的龙之间门口。祝灯灯走出门,看到安茜推着轮椅,轮椅上坐着的是王建材。

"祝灯灯,你是不是又在自言自语和偷吃东西!"王建材生气地冲着祝灯灯喊道,"赶紧过来,大家准备撞门呢!"

祝灯灯走过去,周一非紧紧跟在她身后。

龙之间门前,站在最前方的是那个秃顶大叔,此刻正盯着紧闭的门扉。秃顶大叔身后,马行空正在发号施令。

"我数到三,我们一起撞。"

众人做出预备动作,就连年纪最大的苏会凌也沉下了肩。安茜的双手从轮椅把手上离开,站到了苏会凌身前。

"三——"

所有人都屏住呼吸,视线聚焦到了一点。祝灯灯回过头,小声对周一非说:"张编辑不是蒙面作家,七人座的车上,也真的只有七个人。"

"二——"

马行空拉住祝灯灯的衣袖,祝灯灯挣脱了。"是我自己一直以来误以为多了一个人罢了。"

"一——"

站在最前面的秃顶大叔，突然以极快的速度率先冲了出去。

"这个秃顶大叔，从来没有人和他说过话，大家都对他视而不见。"

"撞——"

马行空刚说完这个字，秃顶大叔的身体就已经和龙之间的门接触到了一起。同时，祝灯灯也对着周一非说完了她想说的话。

"马行空其实没有助手。这个秃顶大叔和你一样，是只有我才能看到的鬼魂。"

第三章 "不愧是我！"

1

龙之间的门开了。

是张编辑从里面打开的。

他睡眼惺忪地出现在门后,恰好秃顶大叔冲过去,直接撞进了他的怀里。两人抱在一起跌倒在地,借着惯性翻滚了几圈。

众人涌进龙之间,门外只剩下祝灯灯和周一非,还有坐在轮椅上无法自由行动的王建材。

"怎么回事……"祝灯灯看着这一幕,怔在原地。

"是啊,里面怎么回事。"王建材着急地催促,"祝灯灯,推我进去。"

祝灯灯推了王建材一把,轮椅顺着地毯滑行,远离了龙之间。

"周一非,你看到了吗?"

周一非出神地看着祝灯灯。"看到了,秃顶大叔把张编辑撞翻了。"

"所以……他是实实在在的人,不是鬼魂。"

"对,看来你的推理又错了,灯灯。"周一非把"又"字说得特别重。

祝灯灯对自己感到生气和失望。"我真的……"

"我真的太佩服你了。"周一非说,"你是天生的助手。"

"别说了,我想哭。"

这时,房间内传来张编辑的喊声:"什么?老师死了?"

随之响起的是马行空更大的嗓音。"你的反应这么浮夸,看来你就是凶手！"

祝灯灯和周一非走进龙之间，看到秃顶大叔坐在地上。于九鸣默默将他拉了起来。

张编辑的发型没有昨天那么精致了，额前的刘海垂荡在布满血丝的眼睛上方，此刻他正在和马行空争吵。

"我才刚睡醒，受不了接二连三的冲击！"张编辑指着秃顶大叔说，"一开门，他就冲进我怀里，然后就听到你们说老师死了，接着不由分说地说我是凶手，而我甚至都不知道发生了什么事啊。"

"发生了什么你应该最清楚。"马行空说，"你这个凶手。"

周一非茫然地问祝灯灯："老师死了……你刚才说客厅发现了尸体……到底是谁？"

祝灯灯不敢回答他，只好装作没听到。

"马老师，我真的什么都不知道。"张编辑使劲抓着头发，"你先告诉我，谁出事了？"

马行空不依不饶，他揪起张编辑的西服领子，说："你就认罪吧！"

张编辑用求饶的眼神扫视其他人，但大家都毫无反应。

同时，祝灯灯注意到周一非也正在扫视在场的所有人。当然，大家也毫无反应。

马行空松开张编辑的衣领，然后整理了一下自己的衣服，说："外面发生了那么多事，只有你一个人鬼鬼祟祟地躲在自己的房间。所以，你就是凶手。"

张编辑呆呆地看着马行空，说："这……是推理吗？"

"当然！你的房间从里面反锁，这还是本格推理小说的王道——密室！"

张编辑吞了口口水,说:"我很同情你的编辑,马老师。"

这时,周一非脸色阴沉地凑到祝灯灯身边。

"灯灯,我数过了,只有我的老师蒙面作家不在这里。客厅里的尸体……"

"你听我说……"

周一非没听祝灯灯说完,他径直走向门口,祝灯灯下意识地想拉住他,但是她的手穿过了周一非的小臂,什么都没碰到。

她不知道周一非身体上有没有感觉,也不知道周一非心理上是什么感觉,只知道他头也不回地走出了龙之间。

2

屋里马行空和张编辑已经扭打在一起,祝灯灯心里挂念着周一非,于是离开了房间。

走廊上,王建材在轮椅上满脸焦急地问:"祝灯灯,里面什么情况?"

祝灯灯没有理会,她迈步经过王建材,来到客厅。只见周一非站在蒙面作家的尸体前,垂着头,肥胖的后背在不停抽搐。

"节哀顺变。"

祝灯灯走到周一非身旁,对他说道。

周一非转过脸,他的脸上还是没有一滴眼泪,但是充满悲伤。

"灯灯,你告诉我,他……不是我老师,对吧?"

祝灯灯不知道该怎么回答,只好诚实地说:"我也希望不是,但是你也看到了,黄金馆里就这么几个人。"

周一非喘着粗气,身体开始变淡。

"你突然跟我说这个我根本不认识的人就是老师,不行,我不接受,我不接受!"

两人说话间,原本在龙之间的众人都回到了客厅。安茜也把王建材推了进来。

祝灯灯左右看了看,发现周一非已经不见了,但她现在不想吃东西,一方面是没有胃口,一方面如果周一非再次出现,她也不知该如何面对。周一非口口声声说着自己不接受,但表现出来的行为却证明他已经接受,只是不愿意承认而已。

同时,祝灯灯发现自己的情绪变得极其低落,这并不完全是受了周一非的影响,而是信心遭到了重大的打击。就在几个小时之前,她还自信满满地推理出了以为的真相,可是一觉醒来,她自以为是的推理被接二连三地推翻,原本以为一个晚上就能解决的事情,如今却变得愈发复杂。在此之前,祝灯灯很少有挫败的感觉,没想到这种感觉一来,就成群结队。而她还没有抗体。

她无力地坐到餐桌旁的椅子上,手心冰冷,身上出了很多汗。客厅里七嘴八舌的喧闹声和争吵声在逐渐变轻。她注视着趴在地上的那具尸体,就像在观察涂改过的错字一般,那么莫名其妙,又那么不可否认。

马行空抱着胳膊,还在数落张编辑,张编辑则蹲在地上认真观察尸体。秃顶大叔不知从哪里找出一大块布,和张编辑两人合力用布盖住了尸体。安茜已经站回到苏会凌身后,而苏会凌此时正和马行空探讨着什么。

至于王建材,他孤独地坐在轮椅上,似乎很想加入案情讨论当中,但没有人管他。就像没有人管坐在一旁椅子上的祝灯灯一样。

"节哀顺变。"

一只温暖的手掌落在祝灯灯的肩膀上,她抬起头,发现于九鸣正关切地看着她。

"于老师。"

"没事,不用站起来,你坐吧。"祝灯灯这才发现于九鸣的白头发不少,眼角的皱纹很明显,"反正他们正在讨论案情,也没空管助手。"

"谢谢。"祝灯灯本来也没想站起来。

于九鸣搬过一把椅子,紧挨着祝灯灯坐了下来。坐下后,他从口袋里掏出一包烟,用嘴叼出一根,然后搓动打火机,可打火机搓了好几下都没有点着。

"忘了,没油了。"于九鸣把打火机收回兜里,"昨天晚上进房间后就打不着了,晚上睡不着想抽根烟都不行。让人最崩溃的往往不是横在面前的大事,而是一件件小事啊。"

"王建材有打火机。"祝灯灯说,"他是你助手,而且他一直很想为你点烟。"

于九鸣笑了下,说:"不能总麻烦他。"

祝灯灯一直对于九鸣印象很好,这位侦探和其他人不同,是把助手当人看的。

"应该是临时起意吧。"于九鸣突然说道。

"什么?"

于九鸣用未点燃的香烟指了指尸体。"刚才马行空确认了致命伤,就是被我们吃饭用的铜锅砸中后脑勺,一击毙命。"

"哦,抱歉,我刚刚没在听。"

"也对,你现在有心事。"于九鸣站起身,"那不打扰你了。没事的,如果觉得累,就回房间休息吧。"

于九鸣走到王建材身旁,说了几句话,王建材高兴地从背后拿出双肩包,找了半天才找出打火机,给于九鸣点上了烟。

祝灯灯很感谢于九鸣,虽然对方只是说了几句话,但确实让祝灯灯的注意力回到了现实。她的心情还是很沮丧,但她至少开始正视现状。

她扭过头,看了一眼墙上的时钟,发现此时是上午八点半。客厅内的众人似乎都没有饥饿的感觉,马行空、苏会凌、张编辑正在讨论案情,安茜安静地站在苏会凌身后。于九鸣点完烟,也加入了讨论当中。

"你是猪吗?"

祝灯灯耳畔突然响起一个粗粝的男声,她猛然回头,发现那个秃顶大叔悄无声息地站在她身边。

"什么……"

"你是猪吧?你是蒙面作家的助手。"秃顶大叔说道。

"哦,你是问房间吧?我是猪,怎么了?"

"拿一点食物过来。"秃顶大叔说,"大家还没吃早饭。"

"好的。"

祝灯灯站起身,朝走廊走去,秃顶大叔一直跟着她。

"我和你一起去。"

祝灯灯挺想拒绝,但没有合适的理由,何况那么多人,需要的食物她一个人肯定也拿不了,于是说了声"好"。走到王建材身旁的时候,祝灯灯推起了他的轮椅。

"咦,去哪里?"

"你不是从昨晚就嚷嚷着要吃吗?现在带你去吃。"

祝灯灯之所以带上王建材一起,也是谨慎起见,毕竟这里刚刚发生过命案,而这个秃顶大叔一直鬼鬼祟祟的。多一个人——虽然是个废人——总好过独自一人吧。

他们来到猪之间,秃顶大叔挑选的食物非常质朴,都是一些果腹的饼干和巧克力,而王建材挑选的食物,在祝灯灯看来都是因为他爱吃。不过也多亏推了王建材进来,他坐在轮椅上,可以抱大量的食物。

走回客厅的途中,祝灯灯问秃顶大叔:"对了,你怎么知道我的房间有食物?你之前来过黄金馆吗?"

秃顶大叔像是没听到一样,一声不吭。

祝灯灯觉得奇怪,接着问道:"我叫祝灯灯,你是马行空老师的助手吧,不知怎么称呼?"

说到"马行空"三个字的时候,祝灯灯察觉到秃顶大叔皱了下眉。

"不用称呼。"粗粝的嗓音听起来毫无情感,"没事不要烦我。"

说着,秃顶大叔只留了一包压缩饼干和一瓶矿泉水,其余的食物全放到了王建材的身上和轮椅上。

"你们送过去吧。"

说完,他独自走到正在和众人激烈讨论的马行空身后,靠在墙边,一边小口吃东西,一边静静聆听着。

墙壁上挂满了裱起来的推理小说封面,但祝灯灯觉得,比起那些充满悬疑气息的封面,这位秃顶大叔才最神秘。

3

众人在王建材身上拿各自的早餐;只有于九鸣说了句"谢谢"。

之后祝灯灯将王建材推到于九鸣身后。由于她已经没有服务的侦探了,便站在一旁。

匆匆吃完早饭后，张编辑问道："被害时间能确定吗？"

"当然。"

回答的是马行空，说完他走到客厅中央，清了清嗓子，大声说道："各位，在黄金馆的第一个早晨就遇到真正的命案，想必大家都很兴奋吧？"

没有人回答。

"没错，在这个本格的环境中，我们遇到了本格的案件，而凶手，就在我们当中。除我之外啊。"

对于马行空的这番言论，张编辑首先忍不住了。"马行空你在干什么！现在是真的有命案发生了，当务之急是保护现场和报警，不是你过侦探瘾的时候！"

"报警？"马行空冷笑了一声，"亏你还是蒙面作家的编辑，连这点常识都没有吗？就算警察来了，也会束手无策，只会说'快去请侦探'。"

"这不是小说！"张编辑又想冲上去动手，结果被于九鸣拦住。

"张编辑。"于九鸣挡在张编辑身前说，"听他说下去。"

"可是他……"

"这里没有任何通信设备，通往楼下的大门锁着，钥匙还没找到。"于九鸣说道，"也就是说，我们被困在这里了。"

马行空叫道："听到了吗？现在唯一能指望的，就是我们侦探。"

"你只是个写书的！"

"对对对，你说的没错，他只是个写书的。我也是。"于九鸣按住张编辑的肩膀，劝慰道，"但现在这种情况，不管是写书的、编书的，还是看书的，都应该团结一致、彼此指望。"

张编辑哼了一声，没有再说话。

马行空笑了笑,继续说道:"现场的情况想必大家都了解了,蒙面作家被凶手用铜锅击打后脑勺致死,经过我刚才对尸体的初步勘查,已经知道案发时间了。"

"什么时候?"于九鸣问道。

"昨晚。"

马行空继续道:"虽然我不想和助手说话,但现在这种情况,这里的每一个人都有可能是凶手,作为职业侦探,我不会因为身份而遗漏任何人的。昨天晚上我们侦探吃完晚饭就回房间休息了,那么助手们是几点回房的呢?"

马行空逐一看向几位助手,最终目光锁定在祝灯灯身上。

祝灯灯和王建材对视一眼,然后说道:"我不记得具体时间了,应该已经过了凌晨一点。"

马行空问:"你是最后一个离开客厅的人吗?"

"昨天晚上,侦探们休息后,我、王建材、安茜三个人坐在这里吃火锅。然后我们各自回房,时间应该差不多。"

"你们回房之后,有没有再出来过?"

"没有。"王建材抢答道,"我睡得很死。"

"不,他出来过,一直站在我房门外偷听。"祝灯灯马上戳破了他的谎言。

所有人都看向王建材。王建材低下了头,极为尴尬。

"哦?王建材,你回房之后不睡觉,为什么要去偷听祝灯灯的房间?"马行空问。

王建材满脸通红地说:"我……我只是想去猪之间拿点吃的,谁知在门口听到祝灯灯一个人在房间里自言自语——不,不是自言自语,她在跟谁说话!"

王建材的揭发让众人的注意力又回到祝灯灯身上。

"你在跟谁说话?"

"我……"祝灯灯用怨恨的眼神瞪着王建材,却发现王建材的眼神有些幽怨,"我在背课文。"

糟糕。祝灯灯刚说完,就懊悔不已——为什么会说出这么傻的理由。

"原来如此。"苏会凌点点头说。

"什么?苏老师你信了吗?"王建材坐在轮椅上叫道,"这个理由祝灯灯自己都不信啊,你们看她的表情,在后悔啊!后悔编了这么烂的理由!"

马行空继续问王建材:"那你在走廊上偷听到什么时候呢?"

"不是吧,马老师你也信啦。"王建材看起来十分绝望,"我不是偷听,我是想吃东西,我对猪感兴趣也不会对祝灯灯感兴趣。"

"没人关心这个。"安茜突然说道,"老师问什么,你就答什么。"

"好吧。"王建材泄气了,他垂头丧气地答道,"我没来客厅看时间,所以不知道回房的时候是几点。"

"你房间里不是有闹钟吗?"安茜问,"黄金馆内只有两个地方可以看到时间,一个是客厅,一个就是你住的鸡之间。"

"那个闹钟……只会闹,没有时间显示。"王建材说,"今天早上我被闹钟吵醒的时候也不知道是几点,等到了客厅才看到时间,是七点十分。"

"怎么可能有这么奇怪的闹钟!"

所有人都在质疑王建材,就在这时,秃顶大叔走到餐桌旁,将一个闹钟放在上面。

"我刚刚去鸡之间拿的。"他说完,又去靠墙站着了。

那个闹钟是一个四方体的黑色小盒,看起来就像一块不起眼的砖头。

"对,就是这个,我没说谎吧?"王建材指着闹钟说。

马行空走到餐桌前,拿起闹钟仔细端详了一阵,然后将它传递到苏会凌手中。苏会凌看了一眼,又交给于九鸣。

于九鸣没有查看闹钟,而是直接将它递给了安茜。安茜似乎没有想到于九鸣会将闹钟给她,往后退了一步,不敢去接。于九鸣强行将闹钟塞进她怀里,然后转过头对祝灯灯说:"不过我有个问题,你是怎么知道王建材在走廊上偷听的?"

"我开门,看到他了。"祝灯灯如实交代,"我们还在走廊上说了一会儿话。之后我关了门,就睡觉了。"

"我也是。"王建材说道。

马行空走到祝灯灯面前,居高临下地看着她,问:"你们在走廊上那段时间,有没有发现什么奇怪事情?任何细小的事情都不要放过,因为很有可能就是解开……"

"张编辑出来过一次。"祝灯灯说。

马行空愣了下,说:"我问的是细节,你居然说出了这么重要的事。好,我不跟助手计较。"他转向张编辑,"你说说吧,深更半夜,你出门干吗?"

"我想干什么不重要,重要的是我没有出门。"张编辑说,"我刚打开门,就看到他们两个在猪之间门口聊天,于是我又回到房间里去了。"

马行空看向祝灯灯,问:"是吗?"

祝灯灯点了点头。

"好,你退回去了,说明你做贼心虚。你本来想出门杀人,但没想到在走廊上碰到了目击者,于是只好退回房内。等祝灯灯和王建材睡觉后,你再次出门,杀害了蒙面作家。"

"我没有。"张编辑极力克制着情绪,但祝灯灯看到他捏紧了拳头,似乎随时会冲上去打马行空。

"你没有不在场证明。"

"这里谁都没有不在场证明吧!"

"但你半夜出过一次门,说明你有这个想法!"

"好,就算我有什么想法。"张编辑捏紧的拳头颤抖着,"就算真如你所说,我有什么不可告人的目的,做贼心虚了。就算、就算我本来想杀人吧!可是刚出门就被别人看到,你用脑子想一想,我还会过了一会儿再出去杀人吗?我已经被人看到了啊,正常人的思维都是今晚算了,另外找一个机会再动手吧。所以,命案发生在昨晚,恰恰证明了我不是凶手。"

"好,你终于承认了,你果然想杀人。"马行空得意扬扬地环顾众人。

"你到底有没有在听啊……"张编辑转向苏会凌求助道,"苏老师,你懂心理学,你能明白吧,我肯定不是凶手啊。"

"仅凭这一点,无法将你定罪。"苏会凌慢悠悠地说,"不过也无法让你脱罪。侦探,就是朝着真相所在之地,不倦前行——"

"行了、行了。"于九鸣插嘴道,"张编辑说的有一定道理,不过你还是没解释为什么大半夜要出门。"

"这和命案无关。"张编辑说。

"有没有关系,是侦探说了算的!"马行空依旧不依不饶。

"现在不说也无妨。"苏会凌对张编辑露出慈祥的笑容,"不管是多么隐秘的理由,你总会想找个人倾诉的。我会等你。"

张编辑的嘴唇抽了几下,似乎随时有可能哭出来。

"王建材。"于九鸣把话题拉回正轨,"命案的第一发现者是你吗?"

"是的。"王建材看着被布盖住的尸体说,"早上被闹钟吵醒后,我挣扎了一会儿就起床了。然后我先来到客厅,想看看是不是已经有人起床,到了客厅后我看了一眼墙上的时钟,是七点十分,然后……我就发现了……"

"发现尸体之后呢?你做了哪些事?"

"我先是惊讶,我想走出客厅,却发现自己双腿无力。勉强爬到走廊后,我摇摇晃晃站了起来,敲响了羊之间的门,然后是牛之间,然后是——"

于九鸣说:"也就是说,发现尸体后,你就逐一去叫醒我们。"

"只要说这一句就够了吗?"

"叫大家起床的过程中有出现什么情况吗?"

"没有,五分钟之内,除了张编辑,所有人都出来了。"

祝灯灯想起自己被叫醒后,到客厅看了一眼时钟,是七点一刻,时间和王建材说的能对上。

"王建材,目前已知的情况对你很不利啊。"于九鸣听完后,叹了口气。

"什么?我……怎么不利?"

马行空走到王建材跟前,第一次认真地打量起他,然后他代替于九鸣解释道:"你想啊,昨晚最后一个进屋的人是你,早上七点十分第一个出来的也是你。而尸体就是在这段时间内出现的。"

"可是我……"

"对,现在需要找的,是你的杀人动机。"

"什么杀人动机，马老师，我不是凶手啊。"

"好了。"马行空不再理他，走到客厅中央，拍了两下手，等所有人的注意力都集中在他身上后，朗声说道，"现在，案件的基本情况大家也都了解了。蒙面作家作为我们的前辈，对他的遇害我表示遗憾和同情，但我更加遗憾和同情的对象是凶手。因为你……"

马行空将客厅内的所有人逐个看了一遍。

"你将面对的，是这座城市最厉害的三位侦探。苏老师，于老师，机会难得，我们来比赛吧。"

祝灯灯不知道另外两位侦探心里是怎么想的，反正她感到恶心。

"接下来，除了我们三位侦探之外，请其他所有人都回到自己的房间。而我们三位将通过各自的方式来询问你们。"马行空自顾自宣布道，"就用蒙面作家的命案，来决出谁是下一个侦探之王吧！"

张编辑终于忍不住冲上前去，一拳砸在了马行空脸上。

这一次，谁都没有劝阻。

4

这场闹剧最终以马行空逃到自己房间结束。张编辑坐在客厅，喘着粗气，双眼始终没有离开蒙面作家的尸体。

客厅中站着很多人，但都保持沉默。这时，于九鸣往前走了两步说："各位，也别太怪罪马行空，毕竟他年轻气盛。想当年我们刚出道的时候，也认为本格高于一切，是吧，苏老师？"

苏会凌说："越高的东西，意味着越危险。"

"呵呵,我就当你是同意了。"于九鸣尴尬地笑了两声,"总之,马行空有一句话说得没错。凶手就在我们当中。"

说到这里,于九鸣的眼神变得严肃起来。

"而且,我认为凶手或许还会杀人。"

祝灯灯听到这句话,觉得有点出乎意料。

"为什么这么说?"

代替她提问的是张编辑,此刻他抬起头,疑惑地看向于九鸣。

"通往外界的钥匙本该在老蒙身上,可是我们搜遍了尸体以及蛇之间,都没有找到钥匙。"于九鸣解释道,"这说明凶手杀害蒙面作家之后,把钥匙藏了起来。他为什么要这么做?我能想到的就是凶手不想让我们出去,把我们困在黄金馆,好再次动手。"

祝灯灯恍然大悟,于九鸣只是说了一个最简单不过的逻辑推理。如果放在平时,祝灯灯早就能想到,看来自己现在的状态真的很差。同时,因为这句话,她也开始真正地感到危险,起初她来到黄金馆只是出于好奇,想做一件新鲜事,她没有想到现在自己也被卷入其中,也有被害的可能。想到这里,她控制不住地恐惧起来。

"我们能做的事情也很简单,就是找出凶手,而且越快越好。"于九鸣接着说,"虽然我是侦探,不过我不同意马行空侦探至上的观点。在真正的凶案面前,人人平等,这里的所有人都有权利调查命案,因为这关乎每个人的切身安全。当然这里的所有人也都有可能是凶手,包括我们几个侦探。在接下来的时间里,我会像马行空一样,挨个儿询问各位,希望大家配合。同时,如果你们中有任何人想要询问我,我也很乐意配合。"

张编辑看起来疲劳至极,他点了点头说:"除了马行空,我都会配合。"

安茜走到张编辑身前，对他说："张编辑，事不宜迟，如果你有空的话，不妨移步牛之间，我的老师有很多问题想问你。"

张编辑看了看安茜，然后看了看不远处站着的苏会凌，说："走吧。"

苏会凌、张编辑、安茜三人离开客厅后，祝灯灯看了一圈，发现秃顶大叔不知何时又消失了。

于九鸣回过身，对祝灯灯和王建材说："两位小朋友，你们接下去有什么打算？"

王建材目光虔诚地看着于九鸣，说："老师，身为助手，我当然是跟随你。你去哪里，我就去哪里。"

"祝灯灯，你呢？"于九鸣问。

祝灯灯沉默了下来，她没有想好，或者说，她根本没有考虑过这个问题。她的第一反应是独自回房冷静一下，不过诚如于九鸣所说，凶手就在黄金馆内，以她的年纪和阅历，在这种情况下独处并不是一个好选择。而且，一旦独处，她就会不自觉地想到周一非，那个别人看不见、自己看得到却触碰不到的鬼魂，万一发生什么情况，他也只能站在一旁眼睁睁看着，无法给予帮助。

此时只有他不可能是凶手，他无法、也不会去杀害自己的老师。

对了，周一非现在在哪里？当自己没有吃撑的时候他躲藏在哪里？是像睡着一样，还是依然深陷痛苦之中？

"祝灯灯？"

于九鸣又叫了她一次。

"啊，抱歉，于老师。"祝灯灯回过神来，"我想……我还是回房间吧。"

"一个人吗?"

"嗯。"

于九鸣盯着祝灯灯看了一会儿,随后说:"好,那麻烦你和王建材一起来我的房间吧。"

"咦?没事,于老师,你不用担心我……"

"不是担心你。"于九鸣笑着说,"既然你有空,我想先和你聊聊。"

5

将门关好后,于九鸣回到床边坐下。祝灯灯拘谨地坐在对面的椅子上。

兔之间和祝灯灯的猪之间看起来房间布局一样,只有一把椅子摆在书桌前,幸好王建材自带轮椅,不然祝灯灯都不知道该坐在哪儿了。

"没事,不用那么紧张。"于九鸣叼起一根烟,"就是随便聊聊。啊,我抽烟你介意吗?"

祝灯灯摇摇头,她看到书桌上有一个用烟灰做成的烟灰缸,想起于九鸣除了是名侦探,同时还是沙雕大师。

王建材拿出打火机,坐在轮椅上拼命朝于九鸣伸长手,但距离不够,最后还是于九鸣走到王建材身旁,点燃了烟。

满足地吸了一口之后,于九鸣说:"我知道抽烟不好。"

"抽烟好,很好,很帅的。"王建材一边咳嗽一边说。

"不好,难受得很。但是不开心的时候,总是觉得抽一根才能撑过去。"于九鸣说,"我也不知道怎么解释这件事。"

"可能想借用新的难受来暂时忘记旧的难受?"祝灯灯说。

于九鸣想了想,说:"倒也不是。应该这么说,比如老蒙被害了,这件事对我来说就像一百个敌人拿着刀朝我冲过来,我抵抗不了,只能任人宰割。但我抽根烟呢,就是在里面多加了十个赤手空拳敌人。我依然抵抗不了,但我因此会觉得,哦,原来不是所有的敌人都那么可怕啊。这样想的话,就会好过一点。"

这个奇怪的比喻让祝灯灯想起周一非。上次他说想抽烟,是也想死得好过一点吗?

"老师,蒙面作家的被害,让你这么难受吗?"王建材突然问道。

"嗯。"

于九鸣没有否认。

祝灯灯顺着王建材的问题问道:"于老师,我听说你和蒙面作家交情很深,你们是不是很早之前就认识了?"

于九鸣走到祝灯灯旁边,将一段烟灰小心地掸进书桌上烟灰做的烟灰缸中。于九鸣看着自己的作品,然后把还剩半根的香烟塞进旁边一个打开的啤酒罐里。

最后,于九鸣坐回床沿,用手抹了一把脸,说:"是啊,久到我都忘了我们是什么时候认识的了,好像……天生就认识一样。"

"那你见过蒙面作家的容貌吗?"

"见过。"

"啊?"祝灯灯和王建材同时发出惊呼。

"怎么了?很奇怪吗?"

祝灯灯赶紧追问道:"那他长什么样?客厅里的死者真的是他吗?"

"我无法确定。"于九鸣说,"我看到他的脸的时候,年纪比你还小。而且他就是普通长相。"

"比我还小……于老师您今年贵庚？"

"五十一还是五十二，记不清了。"

"那看来就是你记性不好……和长相普通什么的没关系。"

"哈哈哈。"于九鸣没有生气，反而笑了起来，"是啊，要不然怎么写的书卖不出去呢。"

"卖不出去？"祝灯灯问，"你们不都是著名作家吗？"

于九鸣摆摆手，笑着说，"那是他们。我啊，之所以还能在这个行业里吃上一碗饭，全靠老蒙的帮助，他每次都会帮我的书写推荐语，所以勉强还能骗骗读者，卖掉几本。王建材，我这么说，你可别失望啊。"

"没有，没有。"王建材低声下气地说道。

"祝灯灯，你对这起命案有什么看法？"于九鸣突然问道。

于九鸣主动提问，祝灯灯感到有些疑惑，随即低下头说："于老师，我没有什么看法……"

"是吗？"于九鸣爽朗地笑道，"进了房间之后，都是你在问我问题，我还以为……哈哈，不过也很正常，蒙面作家是你的老师，你当然想找出杀人凶手的，对吧？"

不。不是为了蒙面作家，而是因为周一非，或者说是因为自大地认为自己能解决一切难题。不过这些话当然不能如实告诉于九鸣。想起之前两次推理失败，祝灯灯更不敢开口了。

"没关系，多一个人多一份力，侦探也是要在助手的帮助下才能破案的。"于九鸣说，"从这个层面来看，助手和侦探一样重要，是配合协作的关系。"

"老师你别这么说，我认为还是侦探更厉害。"想要成为侦探的王建材说道。

"王建材,不要妄自菲薄啊。"

"我没有,我只是……不说这个了,老师,你认为谁是凶手?"

于九鸣爽快地说道:"我认为你们两个不是凶手。"

"为什么?"祝灯灯问。

于九鸣歪了一下脑袋,反问道:"你们觉得这起命案有什么奇怪之处吗?"

祝灯灯和王建材面面相觑,都答不上来。

"破案是讲究方法的,不能像无头苍蝇似的乱蒙。"

"什么方法?"王建材一边问一边从书包里掏出笔记本。

"要找出现场奇怪、矛盾的地方,然后顺着这个口子深入下去。"

王建材在笔记本上认真地记录着。"那找到切入点之后,具体应该怎么深入呢?"

"这时候,就要靠伏线串联能力、逻辑推导能力、想象力,再加上一点点运气了。"

"这不就是蒙吗!"

"是的。"

"居然承认了!"王建材带着哭腔说。

"哈哈哈哈哈。"于九鸣笑了几声,然后说,"我知道的侦探技巧就这么多,不如其他几位老师那么优秀。不过王建材,在这个技巧中,最关键的不是后面那些形而上的能力,而是找到切入点——找到那个看似正常实则奇怪、理应通顺却又充满矛盾的口子,不管是情感大师苏会凌,还是诡计小天才马行空,都绕不开这一点。所以我问你们,蒙面作家被害案中,这个切入点是什么呢?"

王建材说："有吗？现场不是密室，也不是什么不可能犯罪，而且每个嫌疑人都没有不在场证明，谋杀手法也是最平庸不过的钝器击打，凶器也在场，都不用寻找。根本就没有古怪的地方啊。"

"你说的密室也好、不可能犯罪也好，其实这类案件侦破起来反而更容易。这相当于攀岩的时候，天然存在一个巨大的抓手，只要有足够的力气，就能顺着往上爬。而复杂的案件往往很平凡，它像一面平滑的墙壁，你必须凭借自己敏锐的感觉去发现，哪里可以抓住。"

"所以老师你觉得到底哪里奇怪呢？"

于九鸣没有回答，而是朝着祝灯灯问道："祝灯灯，你看出来了吗？"

其实在他们对话的过程中，祝灯灯一直在思考。于九鸣口中的"切入点理论"她十分认同，之前的两次推理，切入点就是"七人座的车为什么载来了八个人"这一奇怪情况，不过对于蒙面作家被害案，她始终没有沉下心去思考。

也许是于九鸣给她一种踏实的感觉，她开始慢慢回忆现场的状况，尸体的模样……很快，她就发现了奇怪之处。

"是头套吗？"她说。

于九鸣满意地点点头。"我没看错，你果然很聪明。"

"是头套，我早就知道是头套有问题了。"王建材抢着说，"祝灯灯你快说，头套有什么问题？"

祝灯灯还没开口解释，于九鸣先说道："蒙面作家无时无刻不戴着头套，只要是在有人的地方，他就一定不会脱下头套。想象一下，这样一个戴着动物头套的人，是怎么被凶手用铜锅击中后脑勺的呢？他可是一直护着脑袋的家伙啊。换句话说，凶手如何杀人并不奇怪,真正奇怪的是,凶手用了什么方法,让蒙面作家在他或她面前脱下了头套——这就是这起事件的切入点。"

"有没有可能是凶手强行摘下蒙面作家的头套,然后将其杀害?"

"不可能。"于九鸣说,"首先,尸体上没有发现搏斗的痕迹,其次,致命伤在后脑勺,就算凶手强行摘下了头套,蒙面作家也不可能心态平和地背对着凶手。还有,如果凶手想杀人,大可以采取其他更方便、不用去除头套的方式,为什么偏偏要给自己制造麻烦呢?所以,脱下头套一定是蒙面作家主动的行为。"

"不愧是老师,真是拨云见日的推理。"王建材想了想,终于明白过来,"这么说来,还有一点奇怪……现场并没有发现头套。"

"没错,你也很聪明。"于九鸣鼓励道。

"也就是说,蒙面作家基于某种理由,在凶手面前脱下了头套,凶手把蒙面作家杀死后,又把头套给处理掉了。第一,蒙面作家为什么会脱下头套?第二,凶手为什么处理掉头套?只要解开这两个问题,就能顺藤摸瓜找出凶手了。"

"很好,这是一种可能性。还有另一种可能性。"于九鸣又看向祝灯灯,"祝灯灯,你觉得呢?"

祝灯灯说:"另一种可能性是,蒙面作家本来就没有戴头套。"

"到底是哪种情况,又是基于什么理由呢?"于九鸣说,"只要带着这几个问题去查看细节、询问别人,就能解开谜底了。"

"所以你刚才说凶手不是我们,因为蒙面作家没有在我们面前脱下头套的理由。"

于九鸣站起身,露出和善的笑容。"你们毕竟是第一次来黄金馆，虽然你是蒙面作家的助手，但恰恰因为这一点，他不可能在你面前露出真面目，因为这会破坏助手的梦。不过呢，或许有某种我还未发现的隐秘的理由也未可知。我说你们不是凶手，其实是因为我心中已经有凶手的人选了。"

"什么？"王建材惊呼道，"这么短的时间内，老师就已经有结论了！"

祝灯灯也问道："于老师认为凶手是谁？是某个侦探吗？"

"破案又不是做苦力，和时间长短没有关系的。"于九鸣说，"当然，我还有些问题需要确认，等我确认完了，再来告诉你们吧。"

"太好了，老师，你询问的时候我会在一旁好好记录的！"

"不用了，你行动不便，好好休息吧。"于九鸣拒绝道，"询问很无聊的，我自己去就行了。"

"可我是你的助手，我应该……"

"你应该听老师的话。"于九鸣看了祝灯灯一眼，说，"我一个人行动也方便一些。"

"但时刻陪在侦探身边、保护侦探，是助手的自我修养啊。"

于九鸣似乎想起了什么，脸色微微一变，然后又恢复正常，他对王建材说："不管是侦探还是助手，首先要有作为人的修养，这里显然有比我更需要你保护的人。不管你日后成为侦探或是从事其他职业，都切记，不能让规则凌驾于内心的情感哦。"

接着，于九鸣冲祝灯灯眨了眨眼。"祝灯灯，麻烦你照顾下我的助手啦。"

于九鸣走后，过了很久，王建材才缓过神来。

"祝灯灯。"他说，"老师怎么知道我想成为侦探，我说漏嘴过吗？"

"你写在脸上了。"

"怎么回事!"王建材用手胡乱地抹脸。

祝灯灯懒得和他争辩,她叹了口气,随意地用手背在王建材脸上刮了一下。这时,耳边传来一声惊呼。祝灯灯抬起头,发现安茜站在门口。

"哎呀!"王建材急忙打开祝灯灯的手。

安茜一脸惊讶,说:"苏老师想找你们聊聊,你们现在方便来牛之间吗?"

"方便的,我们什么事都没有做,我们正在发呆。"王建材慌里慌张地说,"祝灯灯,你这个跟我一点关系都没有的陌生人,快推我过去。"

祝灯灯将手放到轮椅的把手上,又听到安茜说:"王建材,你的脸怎么回事?你的脸好红。"

6

三人来到牛之间,祝灯灯惊诧地发现房间里不只有苏会凌,还有马行空。

安茜也很惊讶,她快步走到苏会凌身旁,轻声问:"老师,对不起,我离开了一会儿,你没事吧?"

"别紧张。"马行空吊儿郎当地斜靠在书桌前,说,"我只是来向苏老师确认几个问题。"

"什么问题?"

"侦探之间的对话,没必要告诉助手吧?"

安茜咬了咬牙,对苏会凌说:"老师……"

苏会凌举起一只手,随后视线扫过站在门口的祝灯灯和王建材，然后朝安茜点了一下头。

安茜似乎看明白了苏会凌的意思，她先请祝灯灯推着王建材进屋，又对马行空说："老师想就蒙面作家被杀一案询问王建材和祝灯灯，无关人员请离开房间。"

马行空无动于衷，他抱着胳膊，轻蔑地看着安茜。

"请无关人员离开房间！"安茜拔高音量重复了一遍。

除了嘴角的笑容弧度变大之外，马行空没有任何反应。

王建材不安地看看安茜，又看看祝灯灯。祝灯灯翻了个白眼。安茜则将耳朵凑到苏会凌嘴边，一边聆听一边不住点头。然后，她对着马行空略显不甘地说："老师说，为了破案效率，允许你和她一起询问。"

"明智的决定。"

马行空双手在书桌上一撑，坐到了上面，看似牢固的书桌晃动了一下。安茜看到，神色焦急地想要上前，却被马行空阻止。他双脚垂在半空，晃荡着，说道："别动，桌子不会坏。所有房间的书桌都是同型号的，身为侦探，我早就测试过了，书桌最多能够承受一百三十斤的重量，而我的身材保持得很好，只有一百二十五……救命！"

书桌突然轰然倒塌，马行空一屁股摔在地上，发出碎裂的声音。一时间，房间内的所有人都吓傻了。

过了一会儿，王建材盯着自己的脚说道："这个声音我熟悉……马老师粉身碎骨了。"

祝灯灯和安茜这才反应过来，两人走到书桌前，却发现马行空撑着墙壁站了起来。

"别过来。"马行空说，"我没事，不需要帮助。"

"可是，刚才的声音……"安茜说。

"是木头，书桌的木头腿断了，我没事。"马行空指着地上断裂的木材说。

"太遗憾了。"也不知道是谁说道。

马行空靠在墙边站着，抱着胳膊说："你们继续。"

祝灯灯注意到，刚才马行空从书桌上摔下来，安茜神态慌张，苏会凌却依然镇定地看着前方。祝灯灯特意观察了一下苏会凌，发现她的眼神中不带一丝情感，只有迷茫。

"好，我们赶紧问完吧。祝灯灯，你是什么时候来到黄金馆的？"安茜明显有点心不在焉，眼睛不时瞥向马行空的方向。

"昨天下午出发，晚上到的。"

"路上这么久？"

"我也不知道，可能是因为远，也许是蒙面作家故意带我绕圈子吧。"

"车上只有蒙面作家和你两个人吗？"安茜问。

"对。"

"来到黄金馆之后呢？当时是几点，发生过什么事？"

"来到黄金馆之后，我看了一下客厅内的时钟，发现已经是晚上十点多了。"祝灯灯说，"蒙面作家只是回房间换了一个头套，就出门去接你们了。"

"也就是说，蒙面作家离开，到我们抵达，这段时间你都是一个人在黄金馆？"

"是的。"

"你做了些什么事？"

"我准备晚餐，然后……吃了些零食吧。"

"就这样？"

"就这样。"

"就这样?"

"我说了,就这样……咦?"祝灯灯顺口回答完,才反应过来,后面那句"就这样"是马行空问的。

马行空离开墙边,一步一步往前走,他前进的方向并不是祝灯灯和王建材,而是安茜。"就这样?只是这种程度的问题吗?"

马行空的眼睛牢牢盯着安茜,安茜下意识地后退了一步。

祝灯灯感到纳闷,明明自己和王建材才是被询问的人,为什么忽然之间他们变成了局外人。

"苏老师,作为一名优秀的侦探,伟大的情感大师,素以问题直击人心、催人泪下著名。"马行空始终看着安茜,口气越来越重,"为什么这次问的问题如此常规?如此没有灵魂?如此外行?如此无聊?"

"老师问的问题,自然有她的深意。你懂什么?"

"深意?哼。"马行空始终没有看过苏会凌一眼,"这些问题,到底是你问的,还是你老师问的?"

"是我代替老师问的。助手不就应该做这些事吗?"

"不,助手不应该做这些事。你印象中有哪一位著名侦探,是要助手去提问的?没有,只有你们这一对。"

"就算只有我们,又有什么问题?这是我和老师的相处方式!"安茜对着苏会凌说,"老师,你说对不对?"

苏会凌眼睛直视前方,慢悠悠地说:"影子在动,树没动。"

"你看,老师就是这个意思!"安茜像是得到了神谕一般,"侦探就是树,助手就是影子,影子动就行了!"

"呵呵,真是难为你了,安助手。"马行空朝安茜步步逼近,"这种胡言乱语,你每次都要找出适当的解释,不累吗?侦探不是永垂不朽,而是成王败寇,侦探年迈了、生病了、糊涂了,为何不就此放弃?"

"你……你在说什么……"

"不,这不是放弃,而是放过,放过她也放过你自己吧。"马行空的表情犹如狰狞的鬼怪,"让侦探在最光辉的时候退下舞台,不让人看到侦探跌落神坛后的无助与平庸,这难道就不是助手的自我修养吗?你在执着什么?!"

祝灯灯早已见识过马行空的咄咄逼人,不过像现在这样无礼还是第一次见到。但她没有上前阻止,因为马行空说的内容冲击力太强,作为当事人的安茜神态慌张,汗如雨下。

"马行空,你在说什么!"

祝灯灯万万没有想到,是王建材的一声呵斥,让马行空停下了逼问。

马行空转过身,仿佛第一次看到王建材似的,歪着头凶狠地盯了他一会儿。"小子,你再说一遍。"

"马行空,你在说什么!"王建材不亢不卑地重复道。

"呵呵,想当英雄?"

"不,我是真的听不懂。"王建材说。

祝灯灯双腿一软,差点跪下来。

"哈哈哈哈哈。"马行空愣了片刻,随后爆发出一串大笑,他越笑越大声,捧着肚子在房间里转了几圈。最后,马行空停下来,对王建材说:"没想到啊没想到,黄金馆内还有这么愚蠢的家伙。就算你是助手,也不该真的这么愚蠢吧。"

"他到底在说什么?"王建材转头问祝灯灯。

祝灯灯闭上了眼睛。

"你还没反应过来?"马行空说,"这个把轮椅让给你的苏会凌,当年的情感大师,现在只是一个患有老年痴呆症的老太婆！"

安茜发出一声尖叫，扑到马行空身上，想要用指甲抓他的脸。可是两人的体力差距太大，马行空很快就抓住了安茜细瘦的胳膊。他对着满脸泪痕、头发被甩得凌乱的安茜说："这么说你老师，你肯定不爱听吧，但不好意思，我是侦探，我不管你有多么不爱听，我都得说出真相。"

此时，坐在轮椅上的王建材猛烈地拍着轮椅两侧，嘴里咆哮道："你冲我来，你冲我来！我早就看你不爽了！"

祝灯灯把王建材连同轮椅推到一旁，然后上前分开了马行空和安茜。她扶着安茜的肩膀，对马行空怒目而视。

安茜的肩膀在不停地抽动，她们身后，苏会凌依然一脸迷茫地看向前方。

"阿瑞斯，治疗阿兹海默症的首选药物，证实了我的猜测。"马行空抖了抖手腕，手中变魔术般出现了一盒药。他把这盒药像玩具一样抛弄着，说道，"其实我骗了你们，我体重有一百三十五斤，我知道自己坐在书桌上一定会导致它散架。但让书桌散架是我的真正目的，不然我没有更好的方式来发现这几盒藏在抽屉里的药。"

"你不痛吗！"安茜颤抖着问。

"屁股有一点，但是无所谓。"

"我问的是你的心——你的良心不会痛吗！"安茜说，"你也是侦探，苏老师是你的前辈，你怎么忍心……"

"被我这么优秀的后辈揭穿真相，是你老师的福气。"马行空得意地说，"在我年幼的时候，苏老师就已经是行业内的传奇，当年她为了成为'安乐椅神探'，不惜打断自己的双腿，可见对于侦探的执着异于常人。这样的人，是不会允许自己不光彩的一面让别人知道的。可是一辈子谨言慎行、堪称模范侦探的苏老师毕竟也只是凡人,她的肉体会老去,大脑也会被时间的风霜所侵蚀。她患上老年痴呆症后,虽然有时保有正常的思维,但越来越多的时候思维混乱、词不达意。这时,苏老师和她忠诚的助手,不知道是谁想出了这个'叶藏于林'的方法,既然有时候会说一些词不达意的话,那不如每一句都词不达意好了。这样,特殊就被伪装成了个性,疾病就被塑造成了人设。"

马行空拍了几下手,鼓掌的声音听起来格外刺耳。"安助手,这个方法是你老师想出来的,还是你想出来的?"

安茜咬着嘴唇。祝灯灯看到她的眼眶里有东西在闪烁。

"无所谓,总之,我要赞美这个妙计,真的很棒。完美地利用了苏会凌的人设和助手的自我修养。"马行空开始在房间内踱步,"所有的事情都由助手代劳,包括说话。可是,再好的诡计也终究只能欺骗凡人,在天才侦探的眼中,你们唱的这出双簧无异于幼儿园小朋友的过家家。"

"你是什么时候发现的?"安茜咬着牙问。

"当苏老师把轮椅让给王建材的时候。"

"我?苏老师让轮椅给我有什么问题吗?"王建材反驳道,"我骨折了,应该坐轮椅,苏老师这么做恰恰证明了她脑子很清楚啊!"

"所以说你是凡人,你永远当不了侦探,你的逻辑太主观了。"

"我才不稀罕当侦探呢!"王建材大声咆哮完,猛烈地喘着粗气,眼眶中居然也有泪水在打转。

祝灯灯虽然一直没有说话,但她的内心也起伏不定,只不过没有像安茜和王建材那样表现出来而已。祝灯灯看着马行空,突然想到他的年纪和自己相差无几,而他居然这么轻易就能掌控别人的情绪。

异常执着的苏会凌、老练疯狂的马行空、深不可测的于九鸣,还有……都已经死了还依然保持神秘的蒙面作家。祝灯灯心想,看来侦探还真的都是一些异于常人的家伙。王建材距离他们可太遥远了。

突然,祝灯灯感受到马行空正盯着自己。

"苏会凌把轮椅让给王建材并不能说明她脑子清楚,只能说明她双腿健康。这才是摒除一切主观情感之后导出的唯一合理结论。"马行空说,"那双腿健康为什么要常年坐轮椅呢?仅仅是为了配合安乐椅神探的人设?如果只是这个原因,那成本和收益不平衡啊。要知道,一辈子坐在轮椅上的成本是极高的,为了匹配这个成本,必须有额外的收益。这个普通人尚未发现的潜在收益就是——用腿部的病掩盖脑部的病。你们或许听不懂,但事实证明,我的结论是对的。"

马行空说话的神态、语气和动作都极为自信,或者说自负。祝灯灯并不完全认同他的推理,却也找不出可以反驳的点,看着马行空在狭小的房间内挥斥方遒,祝灯灯想起了历史上那些极其危险的演说家。马行空同他们一样,有着不近人情却坚不可摧的价值观,以及充满感召力的澎湃热情。

不知道是错觉还是心理暗示,祝灯灯看到马行空的眼神中射出一种光芒,这光芒并不明亮,却充满危险,就像毒蛇。

安茜和王建材是他最初的猎物,此刻已经被他吓得噤若寒蝉。而现在,祝灯灯清楚地感知到马行空已经将下一个目标锁定为自己。这个房间内,只有她依然保有清醒的头脑和坚定的内心,马行空的目标,就是将她一同吞噬。

"同时，我还发现苏会凌从来没有和人有过一对一的交流，每次都是她的助手安茜挡在前面。如果说她们之间有一个人是影子的话，苏会凌倒更符合。"马行空冰冷的双眼盯着祝灯灯，说道，"原本这对组合是可以在黄金馆内安安稳稳度过一个晚上的，我即便有所怀疑，也不会无是生非。可是蒙面作家的被害打破了这一风平浪静的聚会，黄金馆摇身一变，成了真正的暴风雪山庄。我们中间谁都有可能是凶手的下一个目标，谁都有可能就是凶手本人。在这样的极端情况下，秘密将越来越难以掩饰，何况苏会凌还是一位侦探，有着破案的使命和责任。于是我故意挑起竞争，看看我们三位仅剩的侦探谁能抓住凶手。我还故意说了一些毫无逻辑的推理，指认王建材是凶手。结果只有于九鸣跟着分析了几句，苏会凌则一点建设性的意见和想法都没有。至此，我已几乎确定苏会凌有问题了。可是安茜自始至终都陪伴在苏会凌身边，我找不到契机证实我的猜测。就在刚才，机会出现了，安茜离开牛之间去找你们，我趁机直接闯进这里，向苏会凌确认了几个问题。"

祝灯灯不断提醒自己要冷静，但她额头上还是冒出了一层细细的冷汗。

"你问了苏老师什么问题？"

马行空摊了摊手，回答道："问题是什么不重要，重要的是她回答不出。于是我确信，她的脑子已经糊涂了。再接下来，就是刚才安茜问的几个问题，你是什么时候来黄金馆的，来了之后做了什么事……切，这些问题真的无聊至极，与其说在询问嫌疑人，不如说在唠家常。不过也不能怪安茜，她只是一个助手而已，找不到切入点，看不清案件真正的关键，自然也就问不出什么一击致命的问题了。真正的神探，不用问那么多，案件的真相会像光芒一样照进脑中。"

说话间，马行空已经来到了祝灯灯的跟前，他的眼神中有毫不掩饰的攻击性。祝灯灯的心跳开始变快，她知道，马行空铺垫了那么久，就是为了最后一击。

祝灯灯咽了口口水，说："这么说来，你已经找出了杀害蒙面作家的凶手？"

"没错。"马行空露出坏笑。

这一抹坏笑好像解开了他下在安茜和王建材身上的咒语，他们两个此时回过神来。安茜抹去脸上的泪痕，王建材则一脸迷茫地问："凶手是谁？"

马行空对他们没有任何兴趣，他的目光始终牢牢锁定在祝灯灯身上。

"凶手，就是你呀，祝灯灯。"马行空的声音冰冷，却又兴奋至极，"或者叫你那个大家更熟悉的名字——蒙面作家！"

"祝灯灯怎么会是蒙面作家？"王建材不敢相信，"那昨晚被杀死的是谁？"

"是她的助手，我想他应该叫周一非。"

7

对于马行空指认自己是凶手，祝灯灯已经有所准备了，可是接下去从马行空口中陆续爆出"你就是蒙面作家""死的是你的助手"这种话话，还是出乎祝灯灯意料之外。

她终于切实感受到来自马行空的压力。

祝灯灯明知自己是清白无辜的，可看到安茜和王建材将信将疑的眼神、马行空充满自信的状态，不禁感到恍惚。再联想到之前两次推理失败,本就摇摇欲坠的自信心进一步松动。

这时门开了,祝灯灯机械性地转头,仿如看到救星。

"马老师,要进行精彩的推理,怎么不把我也叫上呢?"于九鸣缓步进屋,又说道,"是你说我们三人来比赛的,有了解答,却想避开我呀?"

"于老师,你的耳朵可真尖啊。"

马行空退回到书桌旁,抱着胳膊站着。

于九鸣进来后,房间内的空气再次流动,祝灯灯贪婪地呼吸着,感到精气神又一次回归到自己身上。她抹了下额头,发现流了很多汗。与此同时,安茜和王建材也像从睡梦中苏醒一般。王建材左顾右盼,安茜则搂着苏会凌,神情哀伤地坐在床边。

祝灯灯用充满感激的目光看了于九鸣一眼,后者回以一个鼓励的眼神,随后离开祝灯灯身边,走到房间中央,对马行空说:"马老师,如果我没听错的话,你刚才说凶手是祝灯灯,死者是她的助手,对吧?"

"是的,你没听错。"

"好,那我便洗耳恭听,诡计小天才马行空老师的精彩推理。"

"不知道于老师当了这么多年侦探,有没有得出这种感悟:所谓侦探,就是将可能变为不可能,将不可能变为可能的艺术。"

于九鸣说:"对我来说,只有沙雕才是艺术。侦探只是一份工作。"

马行空冷笑出声,说:"那是因为你没有体会过将不可能变为可能时那种如同神明一般的成就感。"

"我只知道,沙雕再壮丽,也会被潮水冲垮。人不是造物主。"

"呵呵，我看你的脑子也快糊涂了。"

这一次，身为旁观者，祝灯灯很明显地感觉到马行空正在通过旁敲侧击，试图找到于九鸣的弱点，他的做法和刚才一样。不过于九鸣毕竟比他年纪大不少，面对这些挑衅，情绪看起来也没有波动。

"马老师，如果你想说你的推理呢，我们洗耳恭听。但如果你想继续玩猜哑谜的游戏，很抱歉，我们也很忙，我要带小朋友们离开这里了。"

"等一下！"

于九鸣刚转过身，马行空就叫道："我当然会说我的推理，在此之前，我想知道于老师你对这起案件调查得怎么样了？"

"我有头绪，但还没结论。"于九鸣如实相告，"我的切入点是'蒙面作家被害时，为何没有戴头套'，对此，我也做了一些假设和推导，但还没能得出最终的真相。我还期待马老师能够解答这一疑惑呢。"

"哼，还真是老派的推理方法。"马行空说，"发现切入点，通过它来一步步往下走，这个方法也太过时了。"

"不知马老师的方法有多先进呢？"

"每一个问题都有多个答案，就像你执着的'蒙面作家被害时为何没戴头套'，有好几种可能性，你的方法是逐一验证每一个可能性，这样效率未免太低了。"马行空骄傲地说，"听好了，马行空的新时代推理法，是将所有问题都罗列出来，然后找出那个唯一可以解释所有问题的答案！"

祝灯灯一直在警告自己，不管马行空说什么，都当作耳边风。可是听到这个方法，她居然又快要被说服了，乍一听确实比于九鸣的方法更大胆，也更有效。

"可以回答一个问题的答案有很多，可以同时回答两个问题的答案就没那么多了，那么同时回答三个、四个、十个问题呢？"马行空继续滔滔不绝地说着，"也就是说，你之所以还没找到答案，是因为问的问题不够多！"

马行空停顿片刻，终于开始讲述自己的推理。"关于昨晚发生在客厅的这起杀人案，我问了自己以下这些问题。

"问题一：被害者是蒙面作家吗？

"问题二：如果被害者不是蒙面作家，那是谁？蒙面作家又去哪儿了？

"问题三：如果被害者是蒙面作家，那他为什么没有戴头套？

"问题四：被害者为什么要背对凶手？

"问题五：来黄金馆的时候，为什么我们八个人挤一辆车，祝灯灯却一个人先到了？

"问题六：为什么要没收一切电子设备？

"问题七：祝灯灯为什么总是一个人自言自语？

"问题八：蒙面作家为什么处处维护身为助手的祝灯灯？

"问题九：蒙面作家为什么总是戴着头套和变声器？

"问题十：通往楼下的钥匙为什么既不在死者身上，也不在蛇之间？"

马行空说完十个问题，所有人都保持沉默。

"你们发现了吗？当我问到第六个、第七个问题的时候，答案的范围已经越收越窄，等到最后两个问题，真相已自然而然浮现在眼前——蒙面作家的真实身份，就是祝灯灯。"

马行空的思维非常跳跃，祝灯灯想让自己静下心来思索，试着理顺逻辑，找到辩驳的地方。可她发现根本无法沉下心，只要马行空一开口，思路又会被带走。

这时王建材终于忍不住问道:"这十个问题,具体是怎么得出蒙面作家是祝灯灯这一结论的呢?为什么我没有看出中间的关联?"

马行空果断地说:"因为只有最优秀的侦探才能看到真相。"

于九鸣对着王建材微微摇了摇头,王建材勉强压下脾气,深吸了一口气,又痛苦地缓缓从嘴巴里吐了出来。

"看来我也不配做侦探。"于九鸣用轻松的口吻说,"马老师不妨向我们仔细解释下。"

马行空轻笑了一声,满意地说道:"怎么得出结论的,说了你们也不会明白,这是天赋。重要的是,将答案套进我提出的那些问题,就会发现一切疑惑都迎刃而解。我们先从问题五开始,来黄金馆的时候,为什么我们八个人挤一辆车,祝灯灯却一个人先到了?你们有没有考虑过这个问题?那只是一辆七人座的小货车,却挤下了八个人。"

这个问题祝灯灯当然考虑过,而且考虑得很深。

然而事实竟然……不是两人扮成一人,也不是有鬼,只是最简单的八个人挤在一起……

祝灯灯本以为自己不会再被打击了,没想到马行空的推理才刚刚开始,就给她造成了比之前更让她心灰意冷的打击。她怎么都没料想到,自己所构筑的逻辑链,居然会被这种近乎无厘头的玩笑所摧毁。

"你的脸色很难看啊。"马行空调戏般对祝灯灯说,"不过我当时的脸色比你现在更难看,想我堂堂诡计小天才,同行的还有其他侦探,却要我们和助手挤在一起,全部蒙着眼罩,一路颠簸到黄金馆。这漫长的旅途上,我脑子里想的都是为什么、凭什么!而当我们抵达黄金馆之后,我惊异地发现你已经到了。这时候，我就不只是气愤，同时还有很多疑惑了。"

"有什么可疑惑的？"于九鸣说，"祝灯灯身为蒙面作家的助手，留在黄金馆内打扫卫生、准备晚餐，难道不是很合理吗？"

"请问我们晚上吃的是什么？是火锅！火锅要准备吗？不需要！而且刚才安茜问祝灯灯，在我们来之前她做了什么事，她的回答是准备晚餐，还有吃了点零食。"马行空回忆起这件事情仍然很生气，"身为助手，她做的事情却是吃零食！而另一边，身为侦探的蒙面作家在干吗？在当司机，在一路颠簸，在接客人，在拥挤不堪的小货车里长途跋涉！两者的工作量明显不平衡。如果我们仅凭做的事情来判断，在馆内吃喝玩乐的人和去馆外开车接客的人，谁是侦探，谁是助手，会得出什么结论？"

好像怕别人抢答一样，马行空在问完之后马上自己说道："没错，每一个有正常思维的人都会认为：出去开车的是助手，在馆内吃着零食等待的是侦探。好，那我们再来看其他问题：蒙面作家为什么处处维护祝灯灯？祝灯灯作为助手毫无恭敬之心，反而处处讥讽侦探。更夸张的是，吃晚饭的时候，明明只有侦探才可以落座，祝灯灯却也大大方方地坐了下来。虽然后来她慌张地站起身，蒙面作家也找了借口说她是在帮他试探椅子是否牢固。但这种谎言能骗过谁呢？何况在座的还都是侦探。但如果祝灯灯才是侦探，那这个问题又能解释了。她只是一时没有习惯自己的身份从侦探转变成助手，下意识地坐了下来而已，而真正的助手，那个戴着动物头套的人，自然也不敢对侦探发脾气。

"那么，祝灯灯是侦探，戴头套的人才是助手，这个情况有可能发生吗？太有可能了，我们来看看这个问题：蒙面作家为什么总是戴着头套和变声器？一般人往往只能想到一个理由，就是不想让其他人知道自己的长相。但其实还有另外一个容易被忽略、却至关重要的理由,就是任何人只要戴上头套,都能变成蒙面作家!

"在黄金馆内戴着头套的人,他都不用开口,不用做任何事来证明,我们只要看到这个形象,就会在心里默认他就是蒙面作家。而站在他身旁的少女,自然就是他的助手——这,就是头套给我们带来的最大的心理误导!"

随着马行空推理的深入,祝灯灯开始以一个旁观者的姿态审视、判断,好像马行空说的是毫不相干的人。而最要命的是,祝灯灯居然觉得他说的推理,是成立的。

"现在,我们回看一开始的几个问题:被害者是蒙面作家吗?如果被害者不是蒙面作家,那是谁?蒙面作家又去哪儿了?"马行空总结道,"我已经将答案全都告诉你们了:被害者不是蒙面作家,他是蒙面作家的助手;蒙面作家没有离开,她以祝灯灯的身份一直留在黄金馆。"

说完,马行空挑衅地看着于九鸣。于九鸣没有选择和他对视,而是转过身,从口袋中掏出一支烟,对王建材说:"让我抽根烟吧。"

王建材抬起头,茫然地问:"老师,你是不是又难受了?"

于九鸣苦笑一下,没有说话。

王建材慢吞吞地从背包中拿出打火机,给于九鸣点上了烟。于九鸣顺势靠在王建材的轮椅边,一言不发地抽了几口,随后对马行空说:"马老师,我要对你刮目相看了。不愧诡计小天才,人如其名啊。你的推理充满锐气,看似天马行空,却有很强的说服力。"

"那当然。"马行空毫不客气地说。

"但是还有很多问题没有解决,比如我最在意的头套问题。"

于九鸣缓缓吐出一口烟,"被害者是蒙面作家也好,是助手也罢,并不重要,重要的是他案发的时候,是基于什么理由脱下了头套,让凶手得以袭击后脑勺的呢?"

"哼哼。"马行空冷笑道,"于老师,我看你是烟抽得太多,把想象力都埋住了。我早就说过,执着于一个问题是找不出答案的。一个人为什么要脱下头套,答案俯拾皆是,比如他要吃东西,比如他要抽烟,比如他要和人接吻……可能性无法穷尽。但当你增加问题的时候,答案的范围就会变窄。

"祝灯灯为什么总是自言自语?黄金馆为什么要没收电子设备?你看,加上这两个问题之后,被害者为什么要摘下头套的理由就可以锁定了。"

王建材的视线在于九鸣、安茜和祝灯灯之间徘徊,不知在问谁:"你们听得懂他在说什么吗?"

"你们听不懂也无妨,凡人只需知道真相即可。"马行空说,"被害者摘下头套的理由,是因为——他要打电话!"

"打电话?"于九鸣被烟呛到,一边咳一边问。很显然,这个答案于九鸣从来没考虑过。

"我想大家都注意到了吧,祝灯灯总是在自言自语。"马行空看了一眼祝灯灯,说,"当我们在龙之间门口准备撞门的时候,她就在一旁毫不掩饰地自言自语。王建材也曾说过,昨晚半夜他在祝灯灯的房间门口偷听,她也在自言自语。除此之外,我还细心留意到多次这种情况。一开始我怀疑祝灯灯这个人是不是精神分裂,但仔细一想又不对,如果她在和另外一个人格对话,那说明在她看来,另外一个人格是客观存在的,是需要吃喝、拥有情绪、有自主行为能力的。可是在跟我们交流的时候,祝灯灯却完全没有表现出来这一点,就好像和别人交流的时候那个人格突然消失了,当她独处的时候,另一个人格又会突然出现。不得不承认这个问题困扰了我相当长一段时间,直到我解开苏会凌的伪装。

"前面我已经解释了苏会凌和安茜合演的诡计,用腿部的疾病掩盖脑部的疾病,用永远词不达意掩盖间歇性词不达意,这是本格推理中最常见的'叶藏于林'的心理诡计。我对苏会凌没有意见,也不是非得揭她的疮疤不可。可屋里发生了杀人案,所有秘密都可能与真相有关,所以我闯进这里、弄塌书桌,顺利破解了苏会凌的伪装,没想到也因此联想到祝灯灯自言自语的原因。作为想象力的跳板,我对苏会凌和安茜表示谢意。"

说着,马行空朝苏会凌和安茜的方向微微颔首。安茜别开了头。

"好了,祝灯灯自言自语的秘密究竟是什么呢?我想说到这里,就算是王建材这样的白痴应该也听出来了吧?"马行空伸出食指,指向王建材。

王建材摇了摇头。

"你果然是个废物。"马行空先是笑了几声,似乎很享受这种感觉,然后才开始解释:"祝灯灯总是自言自语,是在掩盖她在打电话这件事!"

"我……有吗?"听到这个说法,祝灯灯下意识地摸了摸自己的口袋,生怕里面真的有手机。

"有!"马行空言之凿凿,"昨天半夜,你一个人躲在自己的房间打电话,不想却被王建材在门外偷听到。虽然你当时蒙混过关,但你知道那只是运气好,偷听的是王建材,很好糊弄。可如果第二天有人再得知这件事,可就不能轻易蒙混过关了。尤其是这里面还有我这样的天才侦探。于是,第二天,你就在所有人面前主动表现出自言自语。今天早上大家一心想要冲破龙之间的门时,唯独你祝灯灯,没有半点撞门的打算,反而一个人站在后面自言自语。可是啊,聪明反被聪明误,这种伎俩可瞒不过我马行空的如炬慧眼!

"想通了这一层,'黄金馆为什么没收一切电子设备'这个问题也迎刃而解了。你能够在馆内打电话,说明这里收得到信号,甚至可能还有无线网络,而如果我们都带着手机上楼,有信号这一事实就会暴露。所以,你号称遵守黄金时代的规则,强行没收了所有人的电子设备。我们上楼之前每个人都过了安检,并被一视同仁地没收了所有电子设备,对此并没有人起疑。但不要忘了,身为黄金馆的主人,你早就抵达了这里,你有没有携带电子设备上楼,我们是无法得知的。

"此外,根据祝灯灯和王建材的证词,昨天晚上祝灯灯意识到自己打电话被偷听后,打开门与王建材在走廊上进行了一番沟通。这番沟通对于王建材来说毫无意义,但对于祝灯灯来说却有很重要的作用,她要试探、判断王建材究竟听到了多少内容。当得知王建材没有任何疑心后,祝灯灯还是不放心,从而想出了第二天故意在其他人面前自言自语的方法。祝灯灯,你很聪明,今天一整天都守在王建材旁边,就是怕别人找他单聊,询问你昨晚究竟一个人自言自语说了什么。可是,人算不如天算,你们在走廊上的谈话,还有第三者听到了。这个人,就是龙之间的张编辑。

"于是,我故意激怒张编辑,和他扭打在一起。你也许可以一直守着王建材,却无法同时守住张编辑,更何况,你也很难注意到两个正在拳脚相加的男人在合作吧?谁也不会想到,包括张编辑本人也没想到,我们俩在地板上打斗时,我会突然在他耳边问：'祝灯灯晚上说了什么？'也正是从张编辑的口中，我听到了'周一非'这个名字。周一非，这个名字还能属于谁呢？当然就是那个平日里戴着头套，如今已经惨遭毒手的助手了。

"现在，让我们重新审视案发当晚发生的一切，祝灯灯是蒙面作家，她住在猪之间。周一非作为她的助手，平日里戴着头套，住在蛇之间。顺便说一句，黄金馆一排侦探房、一排助手房的格局也加深了这个诡计的误导。昨天晚上，当所有客人都睡去之后，周一非来到客厅打电话。他将头套留在了蛇之间，因为当时所有人都已经睡下，不用担心被发现，而且打电话也需要摘下头套。打电话的过程中，周一非转向了墙壁，因为墙上挂满了相框，相框中有各种推理小说的封面。相信大家都有经验，人在打电话的时候，需要调动的是耳朵和嘴巴，唯独眼睛是无聊的。所以我们会想要漫不经心地看一些东西。放在客厅这个环境中，打电话的时候我们的眼睛肯定不会盯着空荡的地板、留有没吃完的食物的餐桌，而是会选择看向满墙壁的图书封面，这是人的正常思维。所以……被害者并不是背对凶手，而是正对墙壁。

"整个黄金馆内，可能知道周一非半夜会去客厅打电话的人，只有祝灯灯。她稍早之前同样打了一通电话，叫周一非半夜去客厅很可能就是她安排的。于是，在合适的时间，祝灯灯从房间出来，悄悄溜到周一非身后，举起餐桌上的铜锅，砸向了他的后脑勺。事后，她收走周一非的手机，回到自己的房间，直到第二天被王建材叫醒。最后一个问题，通往楼下的钥匙为什么既不在尸体身上，也不在蛇之间？因为钥匙在真正的蒙面作家祝灯灯身上，或者在她的房间猪之间内。"

于九鸣突然问道："可是，夜深人静的时候用铜锅砸死一个人，会发出声响的吧？黄金馆隔音这么差，我们为什么什么都没听到？"

"这也就是案发现场为什么要选择在客厅的原因。"马行空说，"如果在房间里杀人，隔壁房的人肯定会听到。可是在客厅呢？客厅到房间，有相当长一段距离，作为黄金馆的主人，想必祝灯灯早就做过实验，声音是传不过去的吧。还有，距离客厅最近的房间是鼠之间和马之间，苏会凌明明腿脚不便，却还是被安排在了牛之间，这一安排也说明她想要客人的房间尽量远离客厅。线索俯拾皆是，它们都指向我的结论。

"至此，推理结束，祝灯灯，你坦白吧。"

于九鸣向祝灯灯投来了关切的目光。

"我没事。"祝灯灯说，"我只是在思考，我为什么要这么做？"

"什么？你承认了？"王建材惊呼，"也是哦……他说得确实很有道理。"

"有什么道理！"于九鸣难得用强势的口吻说话，"马行空所说的一切，都是理想化的结果，看似客观合理、严丝合缝，但不是一路摸索之后柳暗花明的结论，倒像是培养皿中刻意栽培出来的。就像他坐坏书桌就是为了获得'药物'这一证据，和张编辑扭打就是为了得到对方的供词一样，马行空的所作所为、所说所想，全部都是先得出'结论'，然后有目的地寻找证据。"

马行空脸上挂着冷笑，一言不发地看着于九鸣。

于九鸣不知为何情绪变得十分激动，祝灯灯没有见过于九鸣如此失态的模样，她感到莫名恐惧，马行空也许又一次成功摧毁了他人的情绪。

"马行空，不是所有人都像你一样毫无情感的。蒙面作家也好、助手也好，都不是你推理的牵线傀儡，而是有血有肉的人。"

于九鸣说,"祝灯灯为什么要装成助手?为什么要杀人?为什么要打电话?为什么要选择这样的场合?有太多为什么了,这些问题你都可以解释吗?"

"当然。"马行空轻巧地说。

于九鸣的烟这时烧到了头,夹在手指间的烟蒂终于烧到了手,于九鸣叫了一声,松开手,烟头掉落在了地板上。

马行空缓缓走到于九鸣身前,狠狠将烟头踩在脚下。

"于老师,侦探只需要还原案情,找出凶手就行了,累赘的动机说明部分,实在是画蛇添足。不过,既然你们都想知道,那我不妨就受累,把动机也告诉你们吧。"

马行空绕过于九鸣,走到祝灯灯跟前,看着她说:"祝灯灯,你的杀人动机很简单,就是为了杀掉'蒙面作家'。"

和马行空近距离对视后,祝灯灯突然明白了蒙面作家把他安排进虎之间的理由。此刻的马行空就是一只老虎,他的眼神充满野性,就连笑起来也像是在展示獠牙,随时都有可能将对方吞掉。

祝灯灯暗暗地深呼吸,可开口的时候声音还是不受控制地略微颤抖。"你不是说……我就是蒙面作家吗?为什么我还要杀蒙面作家?"

"你想杀死的,不是蒙面作家这个人,而是'蒙面作家'这个身份!"

说着,马行空向后退了一步,看向房间内的其他人。祝灯灯瞬间觉得压力减轻了不少。

"蒙面作家出道很早,在我还是个神童的时候,这个世界上就有蒙面作家了。如今同一批的侦探当中,苏会凌患了老年痴呆症,于九鸣也差不多是个老糊涂了。可是祝灯灯的年纪却和我相仿，这只有一种可能，祝灯灯是第二代蒙面作家。也就是说，她是'蒙面作家'这一身份的继承者。

"有第二代，就必然有第一代。那么第一代是谁呢？想必大家还没忘记半年前，一月九日晚，我们来这里聚餐时的那位老编辑吧？他就是第一代蒙面作家，年纪也和我们推算的相符。"

"不对。"于九鸣反驳道，"如果老编辑是蒙面作家，那当时戴着头套的那个人是谁？"

"还能是谁，当然是'见习蒙面作家'祝灯灯啦。"马行空说，"没想到你们一个个的这么愚蠢，我从头给你们整理下思路吧。蒙面作家几乎与苏会凌同期出道，想来年纪也不小了。他是个明白人，早就料到迟早有一天会无法胜任神探'蒙面作家'这一身份，而且这一天随时都可能到来。

"当得知自己无法胜任侦探身份后，苏会凌的抉择是和助手一起隐瞒，继续在这个宝座上苟延残喘。而蒙面作家则选择了另一条路，培养接班人。反正他本来就戴着头套，没人知道其真面目。

"我不知道蒙面作家和祝灯灯是什么关系，父女？或仅仅是师徒？总之，蒙面作家选择让祝灯灯成为'蒙面作家'的接班人。为了不露出破绽，他们一定私底下练习了很久，不过再多的练习终究只是纸上谈兵，要想真正成为'蒙面作家'，就必须实战演练。于是，半年前的一月九日，蒙面作家举办了聚会，邀请几位侦探来到黄金馆，其目的就是让祝灯灯在实战中进行练习，以熟悉蒙面作家的身份。所以半年前戴头套的人，就是祝灯灯。为了确保万无一失，蒙面作家辞退了自己的助手，所以半年前的蒙面作家没有助手。

"当然，就算有头套做掩护，祝灯灯毕竟是第一次登上舞台，蒙面作家肯定还是不放心，于是他假扮成蒙面作家的编辑，也出现在黄金馆，始终和大家待在一起。这样，他不仅能够名正言顺地实时监控祝灯灯，万一发生什么意外，他也能及时补救。

"半年前的聚会就这样波澜不惊地度过了，但是蒙面作家不可能每一次都以编辑的身份陪在祝灯灯身边，于是，半年后的这次聚会，第一代蒙面作家没有出现在黄金馆内，放手让祝灯灯独当一面。同时，祝灯灯作为第二代蒙面作家，招聘了一个新的助手，周一非。但第一代蒙面作家不可能彻底放手，他选择了一个更为隐蔽的监控手段——手机。

"我想，当我们这群人在二楼的时候，第一代蒙面作家一直待在楼下吧？虽然隔着一层天花板，他看不到二楼发生的一切，但是每天晚上他都会和祝灯灯通话，考察其行为是否合格。他也会和周一非通话，我想他应该没有直言不讳地告诉周一非真相，可能是以'蒙面作家原来的助手'这一前辈的身份来听周一非报告，同时告诉他身为助手的自我修养。

"本来，这第二次聚会也会有条不紊地进行。顺利通过这次考验之后，祝灯灯就将顺利接过'蒙面作家'的身份，活跃在行业中。而第一代蒙面作家则会安心地老去，退出侦探界。

"可是，通过短短一天不到的时间接触，祝灯灯是什么样的人我全都看在眼里。她心高气傲，内心对'侦探'这一职业毫无敬意，她不仅不想成为第二代'蒙面作家'，反而发自内心地鄙视侦探。这次聚会，好不容易第一代蒙面作家不在身边监视，她自然会用自己的方式反抗。

"可以说，当我们齐聚黄金馆，通往楼下的大门关闭后，事态的发展就已经不受第一代蒙面作家控制了。首先，祝灯灯和周一非互换了身份，她让他戴上头套，而自己作为助手陪在一旁。

周一非是个助手,不用告诉他理由,他也会照办。到了晚上,祝灯灯和第一代蒙面作家通电话,欺骗他一切都很顺利。不过等到后半夜,周一非和第一代蒙面作家通话的时候,他一定会告知对方到底发生了什么。不过没关系,就在他们通电话的时候,祝灯灯当着电话那头第一代蒙面作家的'面',杀死了周一非。

"不知道在未挂断的电话那头,第一代蒙面作家是什么样的心情,自己这辈子辛苦塑造出来的伟大侦探'蒙面作家',就在刚刚,被自己的接班人亲手'杀死了'。并且是灰飞烟灭,即便仍然有时间,即便还能找到新的继承者,也无法再让'蒙面作家'这一身份复活。二楼的客人都是业内人士,他们会成为'蒙面作家已死'最强有力的证明。没有了头套的掩护,第一代蒙面作家只是一个再普通不过的老头,他无法、也不敢揭露事实的真相。

"祝灯灯,真可惜啊。以你的资质,原本可以成为像我一样优秀的侦探,可是你选择了和我相反的道路,不愿成为受人膜拜的神,而是堕入凡间,陷于罪恶泥沼。于老师,这就是这起事件的来龙去脉,接下来,只要找到大门的钥匙,我们就能离开了。唯一让我遗憾的是,这起事件里没有密室,总觉得有点不尽兴呢。"

听完这一大段推理,祝灯灯只觉得无比疲惫,她不知道该怎么辩驳,也无力辩驳。"怎么都行,我想休息。"她虚弱地说。

"休息可以,但是要等我们搜完。"马行空说话间就要搜祝灯灯的身,不料于九鸣挡在了前面。

"马行空,祝灯灯是女生,你搜她不方便吧。"于九鸣有点恼怒地说。

"那就你们代劳吧。"马行空说,"我相信在铁证面前,你们也是不会包庇罪犯的。但是猪之间就交给我来搜索了。"

于九鸣知道，此时再阻止马行空搜索猪之间就有点说不过去了，于是默默点头后对祝灯灯说："祝灯灯，要不去我的房间吧？"

"祝灯灯。"这时，王建材插嘴道，"我累了，送我回房吧。"

8

推着王建材回到鸡之间后，祝灯灯关上房门，坐在椅子上，双手掩住了脸。

马行空去搜查猪之间前，于九鸣试图说服他祝灯灯毕竟是个女生，或许有什么私密的东西，能否让她先拿出来。马行空断然拒绝。于九鸣还想坚持，可祝灯灯说："让他去搜吧，没什么不方便的。"

她知道自己的性格不是这样的，不要说任人搜索随身物品和房间了，平时就算是无谓的斗嘴，她也丝毫不甘落于下风。是什么时候开始改变的呢？是马行空的推理之后？是自己的推理被推翻之后？还是说……自从见到周一非，决定来黄金馆的时候就已经发生了改变？

祝灯灯想起已经很久没有看到周一非了。或许是觉得此刻的自己和周一非同病相怜，她很想他。不过这里是王建材的房间，没有食物。没有食物，也就意味着无法召唤周一非。

——原来世界上还有那么多力不从心的事。

消极情绪汹涌而来，自信了那么多年的祝灯灯对此毫无免疫力，她感觉自己随时都有可能崩溃。

"想吃点东西吗？"

祝灯灯抬起头，看到坐在轮椅上的王建材表情同样很凝重。

祝灯灯点点头。

王建材一言不发地从背后拿出书包，拉开拉链，展示给祝灯灯。祝灯灯看到书包里面有啤酒和饼干。

"哪里来的？"祝灯灯问。

"家里带的。"

"那你昨晚还来我房间找吃的？"

"一个人吃……没意思。"

祝灯灯走到王建材身边，将轮椅推到书桌旁，两人像正在上课的同桌一样并排而坐。王建材从书包里往外掏出食物，一一摆在书桌上。

"你是来春游的吗？"祝灯灯看着满桌食物问。

"本来是为侦探准备的。"王建材打开一罐啤酒，放到祝灯灯面前。

这一问一答间两人都面无表情，语气也毫无感情。

祝灯灯不爱喝酒，不过此时她想都没想，就仰着脖子一口气喝下了半罐。

啤酒没有味道，最后那个饱嗝倒是在口腔中留下了一丝苦涩，很快也消逝了。

王建材也打开一罐啤酒，同样往嘴里灌了一半。祝灯灯再次举起易拉罐，将剩余的啤酒全都倒进了嘴里。

如此，两人没有说话，你一口、我一口地喝着啤酒，像是一场比赛，又像是一次协作。当两人面前的空罐数量达到六个时，祝灯灯已经感觉到气喘得越来越急，肚子也鼓了起来。看王建材脸颊泛红、双眼迷离，祝灯灯知道自己看起来肯定也好不到哪去。

这时周一非悄无声息地出现了,出现后依然悄无声息。这是他第一次没有马上说话,而是沮丧地看着祝灯灯。

祝灯灯又打开一罐啤酒,对着周一非的方向举了一下,轻声说:"这一罐替你喝的。"然后一饮而尽。

"你不用替我喝,我还能喝……"王建材含混不清地说,"不要看不起我……别人看不起我,你不能,祝灯灯你不能……"

"我没有看不起你。"祝灯灯说,"我没有资格看不起你。"

"那就好,那就好……"说完,王建材脸朝下趴在了桌子上。

祝灯灯轻轻推了他几下,王建材呻吟了几声,不一会儿,响起了微弱又规律的鼾声。

"他怎么这么难受?"

周一非挤到王建材和祝灯灯中间,问道。

祝灯灯答道:"可能是被人说他不配当侦探吧。"

周一非点点头,不过随即又问道:"那他怎么这么难受?"

"我已经说过了。"

"不配当侦探?"周一非说,"可他是助手啊,被人说不配当侦探有什么问题?"

祝灯灯叹了口气,说:"我不知道怎么解释,你可能不太懂梦想这回事吧。"

周一非皱了皱眉,说:"灯灯,你心情也不好。"

"真细心。"

刚说完,祝灯灯就一阵后悔。周一非现在的心情绝不会比自己更好,可是他出现之后,自己非但没有安慰过他一句,反而还句句讥讽。

祝灯灯想道歉,可周一非抢先问道:"灯灯,后来又发生什么事了?你没事吧?"

"我被侦探推理成凶手了。"

周一非露出震惊的表情，说："不可能。"

"真的！马行空说我就是杀害蒙面作家的凶手，而且他的推理……我找不出破绽。"祝灯灯此时终于将压抑的情感宣泄出来，她一边说，一边不停流着眼泪，"周一非，我来这里是一个错误，你找上我也是一个错误，我只是一个活在象牙塔里的天真学生，还无法适应校园之外的世界。来到这里之后，我的自信心一次又一次被击碎，我快撑不住了，我解不开你被害的谜团，更加解不开你老师被害的谜团，如今我还是头号嫌疑犯，是我把一切都搞砸了！"

"不可能！"周一非加重了语气。

"怎么不可能！你以为我是天才吗？你以为我做什么事情都是轻而易举的吗？从小到大，我始终紧绷着弦拼命学习，付出比别人更多的努力，度过了小学、初中、高中和大学。我也想做天才，我也想不费吹灰之力，不用努力就能搞定一切复杂的事情，可是我办不到。我不知道什么时候自己会出错，会让人失望。我选择去留学，其实心里比谁都忐忑。为了证明自己可以在其他领域同样出色，为了证明自己是个会履行承诺的人，为了让这个无所事事的暑假存在一些意义和价值，我来到了这里。我像往常一样努力、自信、敏锐和果断，做了我能做的和我觉得应该做的一切，可是结果如你所见。现在发生的一切，只不过是在提醒我一个最简单的道理——很多事我真的办不到。"

周一非听完，默默地垂下了头，许久都没再说话。过了好一阵，他才缓缓说道："对不起。"

祝灯灯没有回答。

"灯灯，是我太自私了。"周一非说，"我只想着自己，忽略了你的感受,还将你置于这么危险的境地。"

"也不是你的问题……"祝灯灯在桌上寻找,却发现啤酒都喝完了,"不说我了,你没事吧?"

"我?我都已经死了,还能有什么事?"

祝灯灯忍不住笑了。"之前……我看你站在蒙面作家的尸体旁边,很难受的样子。现在好一点了吗?"

"没有。还是那么难受。"周一非说,"我自己死的时候都没这么难受。"

"但我觉得你看起来比之前好多了。"

"可能因为我接受了吧。"

祝灯灯有些惊讶。"这不像你会说出来的话啊。"

周一非怜惜地看了祝灯灯一会儿,突然说:"谢谢你,灯灯。"

"不用谢我,我是自己决定来这里的。如果我不想来,你再死皮赖脸都没用。"

"不,谢谢你,不是因为你来,而是因为……"周一非想了想,说,"遇到你之前,我从来没有考虑过你考虑的那些问题,我这一辈子,都坚定地认为跟随侦探、参与破案是唯一的生活方式,我没有考虑过有一天老师会逝世。

"真的死去之后,我的灵魂飘到了黄金馆外面,看到了更大的世界——虽然也只是一个馆;认识了对侦探毫无兴趣的人——虽然也就你一个。你说的话、做的事,甚至吃的东西,对我来说都很新鲜,我不禁想,在我活着的时候,是不是错过了很多东西?当然,我还是敬重我的老师的,回忆起和老师相处的时光,我还是感觉快乐。每当他写完一本杰作,每当他破解一个谜团,我们都会发自肺腑地欢笑。但如果我们为某事争执,是否能体会到不同的快乐呢？

"我以前只知道芹菜好吃，可是吃了麦丽素之后，我觉得麦丽素同样好吃。你跟我说起过，老师也问你要麦丽素吃，这么看来，老师他也很想品尝一下不同的味道。灯灯，其实我和老师才是生活在象牙塔中的天真的人，我是主动囚禁的，而老师或许是被我囚禁。正因为有我这样的助手，有像我一样对他抱有期待的人，他才不得不成为一个伟大的侦探。你说你不是天才，那老师就一定是吗？他是不是也背负了太多东西，一辈子都战战兢兢地活着呢？如果真的是这样，那我身为助手，到底算是合格，还是失格呢？

"来之前，你跟我说要不要去迪士尼乐园看烟花，可我拒绝了，还是选择回到黄金馆，我真是做鬼都没有放过老师，也没有放过我自己啊。而现在，我再也没有机会和你看烟花了，灯灯。"

祝灯灯不知道如何回应。

"真奇怪，我执着了一辈子助手的自我修养，最后的遗憾，居然是没能看一次烟花。"周一非露出笑脸，"灯灯，这里的案子，我无所谓真相为何了。"

周一非一口气说了太多话，整个人变得越来越模糊。祝灯灯看到他的五官开始虚化，逐渐辨别不出具体长相。可是越过他的身体，王建材的模样却还是很清晰。

所以并不是喝了很多酒的缘故。

祝灯灯抓起一包饼干，也没管它是什么口味，直接拆开塞进嘴巴。食物进入胃里，周一非却并没有像预料中那样变得清晰。

"灯灯，不用再吃多余的食物啦。"

"可是……"

"我能感觉到，时间不多了。"周一非始终保持着微笑，尽管这个微笑很模糊,"我已经赖在你身上、赖在这个不属于我的世界很久了。也许是我的执念凝固成了讨人厌的灵魂,当我看到老师的尸体,这份执念也就消散了吧。他为什么杀我,谁又为什么杀他,不重要了。"

祝灯灯不止一次希望周一非永远消失,可当对方真的说出这番话的时候,她感到悲伤。

"你要离开吗?"

"我会尽量撑到你振作起来再走。"

"你这么一说,我都不想振作了。"

"不要舍不得我。"

"呸。"

"我也舍不得你。"

祝灯灯鼻子一酸,不过她没有哭,反而莞尔一笑。

"你笑了。"周一非说,"乐观一点,这才是我认识的祝灯灯。"

"你才认识我几天啊?"

"不知道呀,我一直躲在你身体里,没有时间观念。"

"这是一个讽刺,不是问题……"说到这里,祝灯灯的脑子里忽然闪过一个念头,不过她现在心绪不宁,没能明白那个念头所代表的含义。

"灯灯,你刚刚说你被侦探推理为凶手了。哪个侦探这么愚蠢?"

"马行空,我倒觉得他很聪明,至少我都没找出可以反驳的点。"

"但你一定不是凶手。"

"你怎么能确定?"

"反正快消失了,感情用事一次。"

祝灯灯又笑了,然后把马行空的推理简单地向周一非复述一遍,说完后,她还是没有找到这段推理中的破绽,除了她知道自己不是凶手。但站在别人的角度,这段推理听起来确实无懈可击。如果过一会儿他们真的从猪之间搜出钥匙,那她可就很难洗清嫌疑了。

脸已经糊成一团的周一非说:"虽然我听不太懂,但确实像是你干的。"

"是吧,除了动机有点扯。"祝灯灯发现自己已经开始和消极的心态和解,甚至有余力去拿这件事开玩笑,"这属于典型的'可以但没必要'的动机,我直接戴着头套说我金盆洗手了不就行了?多简单一件事,非得闹出人命来。"

"是啊,要说你的动机是为我报仇还比较合理。"

祝灯灯翻了个白眼,说:"所以你现在可以诚实告诉我了吧,你真的是被蒙面作家杀害的?你看到他了?"

"是,我看到了。戴着公鸡头套的老师杀了我。因为戴着头套,所以我确定时间是十点多。但确定这个有什么用?我甚至不知道他杀了我之后,脸上的表情是惋惜还是解脱。"

"是啊,人都死了,死亡时间什么的真是最不重要的事了。"祝灯灯说着,不禁皱起了眉头,刚才的那个念头又回来了,像一只蝴蝶在她的脑子里飞舞,可她就是抓不住。

这时,王建材从桌上抬起了头,他擦了擦嘴边的口水,睡眼惺忪地问:"祝灯灯,你还在吗?"

"在呢。"祝灯灯嫌弃道。

"唉。"王建材呢喃道,"醒来更难受。"

"你有什么可难受的?就因为马行空说你不配当侦探?"

"哼,如果于老师说我不配,那我可能还会伤心,但马行空算什么?他的推理是漏洞百出、疯疯癫癫、胡言乱语。"

祝灯灯和周一非对视了一眼,然后问王建材:"马行空的推理有什么漏洞?"

"我不喜欢他。"

"这不叫漏洞好吗!"

"你不是凶手。"王建材认真地说,"我相信你。"

王建材忽然这么说,让祝灯灯感到有些害羞。

"我真希望这是'无人生还'。"王建材似乎没有察觉祝灯灯的羞涩,自顾自往下说道,"推理小说看过吗?《无人生还》中死得最早的,除了馆主,就是马行空这种人。"

祝灯灯对王建材的感情很复杂,不知道该说他天真还是愚蠢。

"既然你不把马行空的话放在心上,那你难受什么?"

"我……"王建材欲言又止,"你没看出来?"

"看出来什么?"

"我的感情。"

"啊?"祝灯灯心跳加速,她求助般看向周一非,但周一非已经模糊成一团剪影。

祝灯灯赶紧又吃了几块饼干,周一非稍微清晰了一点。只要他还在,祝灯灯就感觉心里踏实一点。

"你的感情……我为什么会看到?"祝灯灯用嘴巴上的逞强来掩饰内心的无措。

王建材没有回答,他在书包中翻找了一会儿,拿出一包烟。"抽烟吗?"

"不抽。"祝灯灯脱口而出,"我不会。"

"我也不会,这是为于老师准备的。毕竟在这里买不到烟。"王建材说,"不过我想试一下,他说难过的时候,抽一根烟就没那么难过了,也不知道是不是真的。"

王建材哆哆嗦嗦打了好几次打火机才点燃香烟,刚抽半口,他就拼命咳嗽起来。

"果然……咳咳……好多了。"

祝灯灯不知道该怎么办,她看向周一非,却发现周一非一脸羡慕的神情。"我要是附身在他身上就好了。"

过了一会儿,王建材平静下来,他盯着手指间袅袅上升的烟,说:"我呀,一直都喜欢年纪比我大一点的女生,我是不是不应该这样?"

"很正常……毕竟比你小的还未成年。"

王建材的视线从香烟转移到祝灯灯脸上。"可我不敢表白。"

"那就别表白了,表白也是白表。"

"果然,你也这么认为。"王建材说,"但不说出来的话,实在是憋得太难受了。"

"原来你是在为这个难受,你一天天的在想什么啊王建材。"祝灯灯的内心五味杂陈,"现在不是说这个的时候吧?有人死了啊!"

王建材涨红着脸说:"有人死了又怎么样,我还活着!"

"那你说吧。"祝灯灯认命了,"我今天一整天都心情不好,说点让我开心的话也好。"

"那我说了?"

"说。"

"祝灯灯,我喜欢——"

"嗯。"

"安茜。"

"……你说什么?"

王建材重复了一遍:"我喜欢安茜,进入黄金馆之后,第一眼,我就爱上她了!"

祝灯灯僵住了,只有眼睛在不停眨着。

"昨晚我还不确定这份情感,想找人讨论一下,我觉得整座黄金馆能讨论的对象就只有你,可是你没让我进屋。今天早上发现尸体后,虽然腿都吓软了,但我第一时间想到的还是安茜,于是就去敲了羊之间的门……"

祝灯灯用残留的思维回忆,想起王建材确实说过发现尸体后,马上就去敲了羊之间的门。

"我想跟安茜表白,可就是找不到机会,反而让她发现你跟我互动频繁。那一幕幕被安茜看在眼里,她一定误会了,是吗?"

"是吧……"祝灯灯说。

"我还是很难受。"

"我还是抽根烟吧。"祝灯灯想了想,说道。

王建材将烟盒与打火机交给祝灯灯,祝灯灯取出一支烟,正想塞进嘴里,却看到周一非来到自己旁边。

"灯灯,别抽了。"

"就当替你抽。"

"对身体不好。"周一非说,"我已经死了,你还活着。不做不想做的事情,和做想做的事情一样重要,这是你教我的。"

"我教过吗?"

"但我学到了。"

王建材点燃打火机,凑到祝灯灯面前。"祝灯灯你又在自言自语了。"

祝灯灯看着跳动的火苗，心里想着周一非的话，慢慢把香烟放下。

"没有人逼我，是我自己要来黄金馆的，是吗？"

"是啊。"周一非和王建材异口同声说道。

"这是我自己想做的事情，不是为了谁，所以……我决定了。我会尽快破案，出去带你看烟花！"祝灯灯说，"管他什么侦探助手，我祝灯灯，又不比他们差！"

"你要不要再想想？"王建材问。

"不用。不假思索做出的决定，一般都不会太坏。"

"不，我是说'不比他们差'这一句，要不要再想想？"

"闭嘴吧王建材。"祝灯灯感到力气正在源源不断回到自己身上，她对周一非说，"你做了你的决定，我也做了我的。行动起来吧！"

周一非再次模糊起来，但祝灯灯感觉他在点头。

"我还没决定呢！"王建材一把捂住祝灯灯的嘴，"你在外面可别乱说啊，要是被安茜听到了……"

"我听到了！"

门突然被打开，安茜一脸焦急地站在门口，当她看到房间内的情景后，迟疑地问道："我是不是打扰你们了？"

"没有、没有，你来得正好，就是不太巧。"王建材赶紧缩回手，红着脸胡言乱语道，"你看到什么了……不，我是说，你听到什么了？"

安茜犹豫了一下，看向祝灯灯，说："祝灯灯，马老师他们在你房间搜出一封信。"

"一封信？"祝灯灯纳闷地问。

"嗯，在你枕头底下发现的，是蒙面作家写的信。"

"我要去看看写了什么。"

祝灯灯站起来正要走，却听安茜说："信很短，只有一句话。"

祝灯灯停下脚步。

"致Z：谢谢你一直以来的照顾与帮助，祝你在另一个世界做回自己——蒙面作家。"

身后传来啜泣声，祝灯灯不知道是王建材发出的，还是周一非。

第四章 "做梦!"

1

最终还是没能在猪之间搜出钥匙。

除了苏会凌在房间休息之外,所有人此时都集合在走廊上。

马行空很愤怒,执意要亲自搜祝灯灯的身。根据他的说法,枕头下的信是祝灯灯写给周一非的。因为祝灯灯已经决意杀害无辜的对方,为了追求内心的宁静也好,为了无谓的赎罪也罢,抑或单纯为了让自己能够安然入睡,她写下这封信,放在枕头底下,希望周一非在另一个世界的人生能够不被打断。

换言之,在马行空眼里,这封信就是祝灯灯的自白书。

"我们搜过了,祝灯灯身上真的没有钥匙。"

马行空没有理会安茜的话,他瞪着眼珠,用看到猎物的眼神盯着祝灯灯,接着从腰间拔出一把匕首。

看到匕首的瞬间,走廊上的众人发出惊呼,所有人都知道马行空的性格——就是摸不透他是什么性格。所以,马行空做出任何事情都不出人意料。

锋利的刀刃对准祝灯灯,一步步向她逼近。

祝灯灯没有后退,她无视匕首,对着马行空坚定地说:"我不是凶手,马行空,你的推理是错误的!"

"不可能,我诡计小天才马行空,是不可能出错的。"马行空已经陷入半癫狂状态,"钥匙一定在你身上,如果他们没有搜到,那就是搜得还不够彻底。"

于九鸣厉声喝道:"马行空,把刀放下!难道你不相信我们吗？"

"你说对了，我不信。侦探是不会相信任何人的。"马行空将匕首举起，"钥匙被她吞进肚子了，只要剖开她的肚子，就能证明我的推理没有错！"

"你疯了！"张编辑也叫道，"你到底是侦探还是杀手！"

"你们这群不懂本格推理的家伙，为了真相，侦探是可以变成杀手的！"

马行空像一头野兽一样，弓起身子，做出向前冲的姿势，祝灯灯仿佛被钉在原地，明知无比凶险，但她无法躲避。接着，她看到一团模糊的人影挡在了她的面前。虽然这团模糊人影并不能帮她阻挡利刃，可多少给她提供了一些安慰。

再接下来，于九鸣、安茜、张编辑纷纷会聚到一起，他们紧贴着身子，与周一非重合，在祝灯灯身前筑起了一道屏障。看着他们的背影，祝灯灯内心涌起一股暖流。

"安茜，危险！躲到我后面来！"无法自由行动的王建材在祝灯灯旁边叫着。

安茜也许没有听到，她头也没回。

下一瞬间，祝灯灯听到马行空发出一声咆哮，越过众人的肩膀，她看到马行空全速朝着自己冲来，明晃晃的刀尖折射出刺眼的光芒。祝灯灯上前一步，用力推开挡在前面的安茜和于九鸣，挤过他们的身子，穿过周一非，迎着马行空，大叫道："不要伤害我的同伴！"

匕首在刺进祝灯灯胸口之前突然弹到了半空。不知何时出现的一只脚踢中了马行空的手腕，接着又以极快的速度踢向马行空的胸口。

祝灯灯还没反应过来是怎么回事，马行空就摔倒在地，痛苦不堪地捂着胸口。在她和马行空之间，出现的是一言不发的秃顶大叔。

"谢谢……"惊魂未定的祝灯灯喘着气对秃顶大叔说，"你还真是……神出鬼没啊。"

秃顶大叔看着祝灯灯，他的眼中总算有了一些温度。"我只是不想再看到有人被马行空伤害。"

"你居然敢打我，你别忘了现在的身份，你是助手，我是侦探！"马行空在地上用手肘勉强撑起身子，对秃顶大叔叫嚷道，"你是要造反吗，居明辉！"

2

谁都没有想到事情会发展到这个地步。

在这个人为制造出来的"暴风雪山庄"中，虽说实际被害者只有一人，但对某些侦探和助手来说，看得比性命还重要的"形象"却几乎"无人生还"。

蒙面作家用自己的死亡揭开了从不示人的真面目。

情感大师苏会凌治愈了无数人，却患上了老年痴呆。

目中无人的诡计小天才马行空，被助手用蛮力击倒在地。

除此之外，安茜、王建材这些助手，也或多或少怀揣着各异的心思。祝灯灯不禁想，到底还有多少不为人知的秘密尚未被发现呢？

在众人转移到客厅的途中，早已模糊不清的周一非对祝灯灯说："如果是以前的我，肯定无法接受这种情况。"

明明年纪比周一非小很多，祝灯灯却用长辈的口吻说："生活不是小说。本格推理游戏其实就跟迪士尼乐园一样，每个人都戴着头套，但终究不是卡通人物。"

"还是一个不放烟花的迪士尼乐园。"周一非心平气和地补充道。

祝灯灯没有回应，她突然觉得自己刚才说的话很有玄机，好像无意间说穿了某个真相，这种感觉刚才和王建材聊天的时候也有过。

到底是什么？存在某种联系吗？是否还缺少某些关键的线索？祝灯灯边走边想，眼睛看着走在前方、刚刚救了她一命的居明辉。来到黄金馆后发生了太多事情，但这个毫无存在感的秃顶大叔的名字她还是刚刚知道。

祝灯灯对这个名字有印象，昨晚和安茜、王建材聊天的时候，安茜提到过半年前有一个名叫居明辉的侦探也来参加了聚会，并且他当时的助手就是马行空。半年后，他们两人的从属关系是因为什么对调了呢？

众人来到了客厅。蒙面作家的尸体依然躺在角落，马行空从餐桌边拉出一把椅子，一屁股坐了下来，胸口剧烈地起伏着。此刻他的憎恨对象已经从祝灯灯转移到了居明辉身上，只是碍于对方的身手不敢造次。

于九鸣叼着一根烟，并未急着点燃。安茜站在于九鸣身旁，看着马行空和居明辉。张编辑则在角落垂头站立，好像在看蒙面作家的尸体，又好像在出神。

祝灯灯推着王建材的轮椅，走到了安茜和于九鸣的身旁。周一非站在她身旁。从高度上看应该是站着，但周一非已经模糊到看不出姿势，就像阳光出现后半融化的雪人，五官、身体、躯干都混成一团，并且还在继续融化。

为了让周一非更久地停留，祝灯灯尽管毫无食欲，仍然机械性地咀嚼吞咽着饼干。

"祝灯灯,都什么时候了,还在吃!"王建材在一旁小声说,"你真是猪啊。"

祝灯灯塞了一块饼干堵在王建材嘴里,这一幕不出所料又被安茜瞥到了。不过众人的注意力马上被一声响动吸引。

"可恶!"马行空狠狠地拍了一下餐桌,"你到底想怎样?"

"我说了,我不想看到你再伤害别人。"居明辉冷冷地说。

"你现在是我的助手,你应该对我言听计从!"

"我不干了。"

"你……哪有助手说不干就不干的?"

"你眼前就有。"

"好,居明辉,就算你不认我,但你认真相吧?啊?"马行空气急败坏地说,"你也当过侦探,你怎么知道祝灯灯她不是凶手?"

"我不知道她是不是凶手,我不在乎。但我不想你伤害她。"

马行空转向安茜问:"那你呢?我们无冤无仇,你为什么挡在祝灯灯面前?"

"啊,因为……不是没找到钥匙嘛。"安茜慌张答道。

"我说了钥匙在她肚子里!"马行空接着问于九鸣,"于老师你呢?也是因为钥匙?"

"不,因为那封信。"于九鸣说。

"那封信不正说明了祝灯灯心有愧疚吗?"

于九鸣摇了摇头。"根据你的推理,祝灯灯根本就不想成为第二代蒙面作家,甚至不惜杀人来抵抗这个身份。既然如此,那为什么要在信的落款处写'蒙面作家'呢?"

"难道写祝灯灯吗!"

"她可以不写落款啊。"于九鸣说,"如果只是一对一的忏悔,而且明知对方已死的前提下,就算不写落款和收信人,也无所谓吧。这么看来,'致Z'的抬头也很可疑了,根本不用这么故弄玄虚,还用字母来代替真名,这怎么看都不像是写给死者的信,倒像写给活人的。还有,在你的推理中,周一非是这次聚会前新招聘的助手,他和祝灯灯还没有接触很长时间就被杀害了,既然如此,那为什么信上会写'谢谢你一直以来的照顾与帮助'呢?所以,从信的口吻和内容来看,应该是蒙面作家写给一位老朋友的,并不符合你的推理。"

"哼哼。"马行空冷笑一声,"不愧是侦探,连借口都编得比助手好一点。我承认你说的有道理,信不是写给周一非的,但你不能因此推翻我的整个推理。这封信完全可以忽略,是写给哪个以前的老朋友并不重要,只是一封和案件无关的信而已!"

"不,不会毫无关系。"于九鸣说,"这封信出现在蒙面作家助手的房间,我和老蒙认识那么多年,看过他的手稿,这确实是他的笔迹。这样一封信一定有它的含义,至少在你的推理并不能完全说通的情况下,我不能让你贸然对祝灯灯出手。"

"行,我看出来了,于九鸣,你就是想跟我作对。你是侦探,和居明辉一样嫉妒我的才华。"

于九鸣没有辩解,只是苦笑着摇了摇头。

"张编辑,你呢?"马行空继续点名,"不要以为我忘了,你当时也挡在祝灯灯面前了吧?"

角落中的张编辑像睡梦中突然被唤醒,一脸茫然地抬起头,直到马行空又问了一遍,他才答道:"就算祝灯灯是凶手,有权利对她审判和惩罚的也应该是警方和法庭,而不是侦探。"

"你们一个个的……王建材,那你……"马行空说到一半,

"哦，你没有挡，我更看不起你。"

王建材正想辩驳，却听于九鸣说道："居老师，之前我就想问你，但看你不太想跟我们说话，一直也没找到合适的机会。你怎么会作为马行空的助手来这里的？"

居明辉胡子拉碴的脸沉了下来，看起来很生气，不过他并没有发作，而是用手抹了一把脸，说："真的很讽刺，我们几个老家伙差不多时间出道，当年还被称为四大天王：本格之魂蒙面作家、情感大师苏会凌、沙雕于九鸣，还有我冷硬行者居明辉。可后来，四大天王就逐渐变成了三巨头，我的冷硬派侦探作品无人问津。其实我无所谓，本来就是孤独行者，就算没人欣赏，我也能乐在其中。但逐渐开始有人说我不配当侦探，我写的作品、破的案件根本就称不上'事件'！我没想到，这些批评中最狂热的居然是我的助手马行空。"

说到这里，居明辉看了马行空一眼，可马行空扭过头避开了视线。

"马行空天资聪颖，成为我助手的时候他才十岁。我从没把他当成助手，而是把他当作我的孩子，我也从来没有用助手的自我修养苛责他，而是尽我所能给他讲各种侦探的故事，告诉他侦探的伟大。"

"得了吧！"马行空突然叫道，"别美化你自己了，你打我的事情忘记了？我只要不听你讲那些侦探故事，你就打我！"

"那是你不听话。"

"你又不是我爸！"

居明辉举起右手，马行空下意识地躲了一下。居明辉缓缓放下了手。

"你还小，我必须像长辈一样管教你，不然你怎么会学习到那么多侦探知识？怎么会成为优秀的侦探？"

"你怎么知道我想成为侦探！"马行空突然哽咽，"我……我对当侦探没有任何兴趣！"

居明辉露出吃惊的神情，他微张着嘴，过了良久才吐出一句："你说什么？"

"我说……我对当侦探没有一点兴趣！"

马行空说完，咬着嘴唇，似乎在极力克制情绪，他的眼眶已有些湿润。祝灯灯忽然觉得，他身上的兽性不见了，取而代之的是弱小和无助，只有这个时候，马行空才像一个和她同龄的人。

"那你为什么……"居明辉的声音弱了下来。

"为了报复！"马行空红着眼说道，"你从小就用你的硬汉派来教育我，一个又一个夜晚，在你睡着之后，你不知道我哭过多少次。你知道吗，我宁愿你把我当成助手，而不是自己的孩子，这样你才会和我保持距离，不会对我有所期待，不会将已破灭的梦想投射在我的身上！"

"所以你说你喜欢本格派只是因为……你讨厌我？"

"对！其实我讨厌本格，我讨厌一切侦探故事和侦探，但我更讨厌你。"马行空说，"我知道我躲不过被你控制的命运，如果长大后一定要成为侦探，那就做一个本格派侦探好了。你不是最讨厌密室诡计吗？说这些只不过是幼稚的纸上谈兵，真实的破案应该是残酷和充满风险的，我偏不，我要写一本书，里面有三百个、四百个、五百个密室，侦探不会遇到挫折和风险，只会一帆风顺地解谜、解谜、解谜！成为诡计小天才，就是我对你的反抗！

"知道我成功后你的心情是怎么样的呢？为我高兴吗？还是替自己难过？我告诉你，居明辉，冷硬派就是没人看，就是没人喜欢，它就像你这个人一样，早就发霉、腐烂、落伍了！哈哈哈哈哈哈哈！"

马行空这次的大笑并不疯狂，也不神经质，反而让人心生怜悯。

居明辉就这样看着狂笑不止的马行空。

祝灯灯看到有一滴泪珠从他的脸颊滑落。她知道在场的其他人和她一样，都不知道如何开口劝慰。

过了一会儿，居明辉缓缓开口道："我高兴。"

马行空停止大笑，抬头看着居明辉。

"我是落伍的侦探，这一点我怎么会不知道呢？"居明辉说，"而且我很早就发现你对本格派感兴趣了。你口口声声说是在反抗我，但你其实是真心喜欢本格的吧？"

马行空没有承认，也没有否认。

"你的偶像是蒙面作家吧？你不想模仿我，于是便模仿他，家里所有他的作品都被你翻烂了，甚至于九鸣的作品你都看了好几遍，就因为蒙面作家写了推荐语。久而久之，你已从内心接受了自己喜爱本格这一事实，一直以成为下一个蒙面作家来要求自己。最近几年，你在外面租了一个地方，模仿蒙面作家的行为，戴着动物头套，还请了一个助手……"

"你监视我！"

居明辉摇摇头。"没有，但我是你最亲密的人，而且再不济，我也是个侦探，你做了这么多事情，朝夕相处的我怎么会一点都没察觉呢？

"所以，我是真的替你高兴。你用自己的方式写出了第一部作品，销量比我当年要好很多，你是这个行业冉冉升起的明日之星，我甘愿作为助手继续帮助你。"

马行空说:"我可没有要你做我的助手,是你自己死皮赖脸!我已经长大了,能独立了,为什么你还是不肯放过我呢?"

"我怕你做傻事!"居明辉叫道,"这是你第一次以侦探的身份出席活动,我当然要在旁边陪着你。我们是一家人,我不能看你伤害别人!

"不过我道歉,我不是一个合格的助手,放不下包袱,不愿意在你面前卑躬屈膝。但还好我来了,不然你会酿成大错的!不管是冷硬派还是本格派,侦探都是正面形象,你怎么可以……拿刀子对着祝灯灯呢?"

说到这里,祝灯灯已经彻底明白两人的关系了,之前觉得种种怪异的行为。比如马行空的情绪,看似装出来又像溶于血液中的叛逆,居明辉的冷漠,他矫健的身手,他们两人非正常的从属关系……现在都得到了解释。

在祝灯灯眼里,此时的马行空已经不再野蛮好斗,居明辉也不再鬼鬼祟祟,但她还是说不上来这段关系中谁对谁错。这似乎是千百年来最典型的家庭问题,一个望子成龙的长辈,一个顽固抵抗的孩子,只不过在他们的关系中,又加入了侦探与助手的身份而已。

于九鸣走到马行空跟前,将手放在他的肩膀上,马行空用充盈着泪水的眼睛仰视着对方。

"上一代的传承,下一代的反抗。你之所以会做出之前的推理,是因为把自己投射到祝灯灯身上了吧?这是为你自己而做的解答。"于九鸣缓缓说道,"但祝灯灯不是你,你也不是其他任何人啊,马行空。"

马行空靠在于九鸣怀里,终于放声哭了起来。

3

"啊,老师!"安茜突然走向走廊的方向,"你没事吧?"

祝灯灯看到苏会凌不知何时站在走廊口,注视着马行空和居明辉。她的眼神中虽然仍有一丝茫然,但又多了点怜悯与痛苦。

"小明……"苏会凌颤巍巍叫道。

居明辉疑惑地看向她。

安茜急忙向居明辉道歉:"对不起,居老师,老师她说的不是你。她儿子叫小明。"

于九鸣对安茜说:"安茜,要不要扶苏老师再回去休息会儿?"

苏会凌好像并没有听到别人说话,她脸上洋溢着幸福的微笑,把手伸向安茜,说:"安茜,帮我修一下指甲吧,小明要来见我了。他长高了,你也长高了。你们都长高了。"

安茜握住苏会凌伸出的手,那只瘦骨嶙峋的手上皮肤皱皱巴巴,筋脉清晰可见,而指甲很干净,应该是不久前才刚修剪过。

"好,老师,我这就给您剪。"安茜说着,蹲下身子,从口袋中掏出一把指甲剪,凑到苏会凌的手指前,假装给她剪起指甲来。

指甲剪一下又一下对着空气咬合,苏会凌似乎沉浸在回忆中,脸上露出温柔祥和的笑容。在场的人都沉默地看着眼前这一幕。祝灯灯心里想,在这几个助手当中,只有安茜从始至终彻底贯彻了助手的自我修养,不管侦探变成什么样,她都不离不弃,内心坚定。

没人询问苏会凌的儿子小明是怎么回事,不过大家多少有所猜测吧。祝灯灯推测,苏会凌口中的"小明",一定是那天来祝家小馆点了菜等待的中年人。因为侦探这份特殊职业,苏会凌没有公开自己有儿子,然而患上顽疾,随时可能撒手人寰之际,儿子主动找来,希望获得财产。以苏会凌的做派,当然会严词拒绝。当了一辈子神探,她不希望晚节不保,给人以谈资。她选择了成为侦探,受到人们的敬仰和崇拜,同时也选择了被最亲的人怀恨。

这种故事,在场的人应该都能联想到。所以,谁也没有打扰这对侦探与助手。

王建材探头探脑地张望了一阵,问道:"安茜,苏老师的指甲很干净啊。"

这句话振聋发聩,所有人都吃惊地望向王建材,王建材磕磕巴巴地问:"怎、怎么……你们……没发现吗?"

一旁的祝灯灯小声说:"你闭嘴吧。"

安茜站起身,像是下了决心般说道:"你们可能无法理解我,就像我不能理解我的老师一样。不过这有什么关系呢?人和人相处,理解不是最重要的,最重要的是信任。我和老师彼此信任,这远比互相理解要重要。

"说实话,我没想到这次聚会会变成这样,这两天发生了太多事……事到如今就不瞒着大家了,老师她不仅患有阿兹海默症,而且有一个孩子。"

于九鸣皱着眉说道:"这件事在行业内早有传言,只是一直没有证据。这么看来,无风不起浪,苏老师果然有孩子啊。斗胆问一句,这个叫小明的孩子,是想要继承苏老师的遗产吗?"

"不!"安茜说,"恰恰相反,小明如今有一份体面的工作,有稳定的收入,他根本不在乎老师的财产,他唯一的愿望就是能和亲生母亲每年吃上一顿饭。事实上,一年吃一次饭的惯例已经维持了几十年,可这几年老师因为这个病,总是忘了约定的时间……平日里,老师又常常困于思念,说着'小明要来见我了''我要打扮得好看点',却不知道今年约定的时间早就过去了。"

安茜看着祝灯灯说:"今年,不久前的一天,老师才时隔多年和小明吃上了一顿饭。"

祝灯灯心里一阵难受,事实比她和于九鸣想的更加可悲。母子俩关系明明很好,却碍于身份而无法相见。从事了一辈子侦探这一职业,苏会凌到底是收获更多,还是失去更多呢?

安茜搀着苏会凌,对所有人说:"我说这些,不是想替我老师澄清,也不是在祈求理解,我只想告诉各位,我的老师一直在维护黄金时代侦探的身份和形象,这是她这辈子最看重的事情。她没有真的打断双腿,但斩断了比双腿更重要的情感。我原本以为能够来黄金馆做客的,都是像老师这样的老派侦探,可没想到……也许,黄金时代的遗风,也随着老师的老去和蒙面作家的逝世而消失了吧。"

说完安茜略一躬身,搀扶着苏会凌离开了。

王建材的视线一直跟着安茜,一副落寞的神情。马行空此时的情绪也稳定了下来,不知道在思考着什么。

"灯灯,我很佩服安茜和苏老师。"

祝灯灯转过脸,看到说这话的周一非已经模糊得不成人样,双手双脚几乎全透明,只剩肥胖的身躯和头部还能勉强辨认出,悬浮在空中。祝灯灯刚想对他说些什么,可是透过周一非半透明的身躯,她忽然察觉到他身后的墙上有点不对劲。

她穿过周一非的身子来到墙边,终于看到那个不对劲的地方是什么了。昨天晚上,蒙面作家出去接客人的时候,客厅内的三面墙壁是被帘子遮住的,其中一面墙壁上有一个把手,当时祝灯灯转动了那个把手，将三面帘子全部升了上去，这才露出了里面的书籍封面相框。

可是现在，那个把手不见了，空留转轴凸出于墙壁。

拉完帘子后，祝灯灯再也没有注意过那个把手，不知道它是什么时候被人取走的。她又抬头看了看帘子，发现并没有升到天花板的顶端，可是印象中她将把手转动到底，帘子也碰到天花板了啊。

虽然只是一点点的距离，遮盖不了什么东西，也可能是自己记错了，但消失的把手还是让祝灯灯难以释怀。总觉得在这样的场合下，这些莫名其妙的小事背后隐藏着巨大的原因。由此，她再一次想到之前在脑海中翻飞的蝴蝶，忽然觉得可以抓住了，一些细枝末节的事情也得以串联到一起。她的目光最终锁定在躺在角落的尸体上，一个大胆的猜测正变得越来越清晰。与此相对的，是周一非越来越模糊的身影。

祝灯灯需要一点时间，好好想一想。

想一想自己这次的推理是否考虑到了一切情况，以及想一想如果这就是真相，她该如何跟周一非说。又或者，要不要跟周一非说。

周一非显然没有多少时间了，手上的饼干已不知不觉全部吃完。

祝灯灯正沉浸在思考当中时，于九鸣走到了她的身旁，视线也正牢牢盯着消失的把手。

"祝灯灯，这个地方，原本就没有把手吗？"于九鸣问。

"不是，昨天晚上我还用它升过帘子。"

"哦？"于九鸣挑了挑眉毛，"看构造，这个把手是随时都可以拆卸的。"

"是的，就是普通人家里升降晾衣竿的转动把手。"

"这么说来……"

于九鸣忽然环顾四周，好像第一次来这个地方一样，接着，他又跑到走廊口，看向走廊尽头。

"于老师，怎么了？"许久没说话的张编辑问道。

在场的所有人都看向于九鸣。如今他们能依靠的就只剩下于九鸣一名侦探，而于九鸣此刻的举动，无一不透露着"我有了新发现"。

于九鸣没有回答，而是走进走廊，直接打开马之间的门，走了进去。

"于老师在干吗？"王建材问道，"难道……有人躲在马之间？那是闲置的助手房间啊。"

过了一会儿，于九鸣从马之间出来，回到客厅。

"诸位，我有一个好消息和一个坏消息，你们想先听哪个？"

"可以只听好消息吗？"王建材问。

"好消息是，我们可以离开黄金馆了。"于九鸣举起右手，手中握着一把钥匙。

"太好了，祝灯灯，快推我出去！"

祝灯灯目不斜视地走过王建材，看着于九鸣的眼睛，问道："于老师，那坏消息呢？"

"坏消息是，我们从来没有被黄金馆困住过，老蒙耍了我们。"于九鸣苦笑着说，"老蒙没有死，这个地方也不是原来的客厅。"

"这不还是好消息嘛！"

只有王建材这样叫道。

4

"等、等一下，于老师。"张编辑指着角落的尸体问道，"你说蒙面作家没死，那这是怎么回事？"

"是啊，于老师，你到底是什么意思？"

就连马行空都振作起来，感觉他听了于九鸣的话，精神又回到了身上。

"诸位别着急，我会慢慢解释。"于九鸣走到客厅中央，深吸了一口气，接着说道，"今天早上，自从发现尸体后，我一整天都在思考一个问题：为什么蒙面作家遇害时没有戴头套？就像马行空所言，这个问题可以有很多答案，我也尽可能地逐一论证，但推理到最后都觉得不对。当然马行空也给出了他的答案，说被害人当时正在打电话，而打电话时必须摘下头套。这是一个我没想过的解释，一开始我也被马行空的推理带跑了，但回过神来后，我想的是，假如真如马行空所说，他是要打电话，那为什么不使用耳机呢？如今的无线耳机非常方便，戴在头套中不会露出痕迹，而第一代蒙面作家如果想要监视这里的动静，一直保持通话好了，反正也没人能看出来，这不是比摘下头套再接电话更加方便吗？"

祝灯灯想了想，确实如此。

"你们看，几乎所有假设，到最后都会被一个'为什么不'推翻。事实上，我和蒙面作家认识那么久，几乎从来没有看到过他摘下头套。诸位也看到了，就连吃饭的时候他也宁愿忍受饥饿。试问，为了不摘下头套而放弃进食的人，会因为打电话这个原因摘下头套吗？怎么都说不过去吧？既然几乎任何理由都无法让蒙面作家摘下头套，那么把问题退回到原点，是不是这样一种可能性更大——死掉的人不是蒙面作家。这样，就从根源上解决了头套问题。死者本来就不戴头套。"

马行空在椅子上挪动了一下，问："死者不是蒙面作家，那是谁？除了蒙面作家，其他人可都在啊，总不能凭空变出一具尸体来吧？"

于九鸣盯着尸体说道："这具尸体不是凭空变出来的，恰恰相反，他已经待在黄金馆内……半年之久了。"

"等一等，于老师。"居明辉抬起手打断道，"我知道我们的风格不一样，但没想到会差这么多。你作为沙雕大师，得出的结论常常匪夷所思，但刚才你说的也太异想天开了吧！这具尸体存在于黄金馆内半年之久，那我们昨天来的时候怎么会没发现？昨晚我们围坐在客厅吃火锅的时候怎么会没发现？"

于九鸣微微一笑。"很简单，发现尸体前和发现尸体后，我们待的是两个不同的客厅。我刚才也说了，这里不是原来的客厅！"

"我没明白。"张编辑也加入道，"黄金馆的客厅不就只有一个吗？"

"这正是蒙面作家误导我们的地方，黄金馆象征着'黄金时代'，没有人知道它的具体位置，建筑外围堆满了塑料泡沫来模仿暴风雪山庄，进来之后要交出一切电子设备，侦探和助手泾渭分明的房间安排……这一系列都不是无用的表象，而是在一步步营造一种规矩感，让客人对这座建筑充满敬畏，不敢探索。其实在走廊尽头的墙壁上有一扇门，打开后会看到一个和这里一模一样的客厅。黄金馆的房间布局是左右对称且上下对称的！多亏了祝灯灯的提醒，我也是刚刚才确认这件事。"

于九鸣走到祝灯灯身旁，指着缺少把手的帘子转轴，对众人说:"我刚刚问祝灯灯昨天这里有没有把手,她告诉我有,蒙面作家出来接我们的时候,她还转动把手升过帘子。可是今天,把手不见了。此外,刚才苏老师无意间说过一句话,她说'小明长高了,安茜也长高了,你们都长高了',大家有没有这种感觉,我们察觉不到朝夕相处的人的变化,但隔了一段时间后和老友见面,就能发现对方的改变。今天苏老师大部分时间都在自己的房间,刚才她来到客厅,就像是一个隔了一段时间的老友,她所说的'长高',其实是更准确的。那么,短短一个晚上,我们会突然长高吗?当然不会。

"不是我们变高,而是天花板变矮了。我们现在所处的没有旋转把手的客厅天花板较矮,昨天那个有旋转把手的客厅天花板较高,是两个不同的房间。"于九鸣转向马行空说,"马行空,你的推理也给了我不少启发,你说的那个用一个变化掩盖另一个变化的心理误导,用在这里,应该是蒙面作家用不停变化头套,让我们去猜测他是不是同一个人,而忽略了思考我们所处的地点是不是同一个!"

周一非飘到祝灯灯身旁,有点激动地问:"这么说来,老师还活着?"

祝灯灯没有回答他,而是问于九鸣:"于老师,我还是不明白,如果走廊的首尾各连接一间一样的客厅,我们没道理没发现吧?比如我的房间是距离客厅最远的猪之间,但不管是昨天还是今天,我离开房间后都是以同样的路线,穿过走廊来到客厅。如果今天来的是走廊另一端的客厅,那应该变得离我房间最近才对啊。如果说客人们对房间不熟悉,加上今天早上发现了尸体导致所有人惊慌失措,有个别人没有意识到也行,但我们所有人都没有意识到这一点就说不通了吧?"

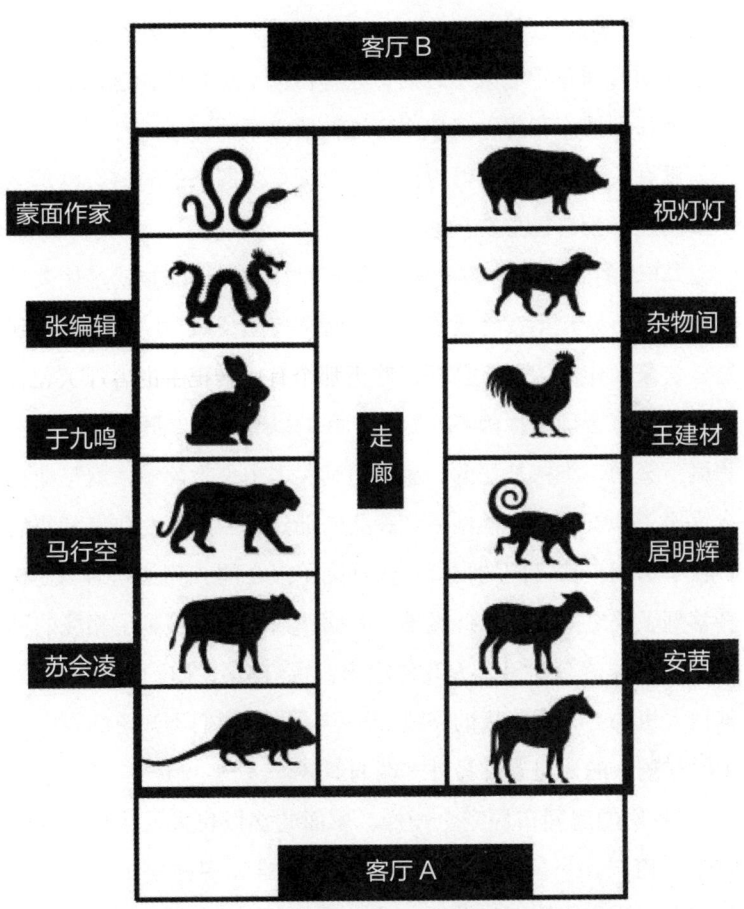

于九鸣（在脑子里）绘制的黄金馆客房示意图

于九鸣淡淡地说:"很简单,我们所有人的房间,也都被替换了。"

所有人都愣住了。

"今天早上我醒来的瞬间,有点搞不清自己身处何地,也完全不知道时间。年纪大了之后,这种情况很少发生,这说明我昨晚睡得特别熟。我想,诸位都有这种感觉吧?"

没有人否认。祝灯灯也回忆起今天早上醒来的时候,有那么一瞬间还以为自己身在祝家小馆。

"昨天的晚餐中,被蒙面作家下了安眠药,目的就是让我们陷入沉睡,好在半夜将我们一个个转移房间。"于九鸣说,"说到这里,蒙面作家为什么总是戴着头套的另一个理由也出现了,就是让自己有合理的原因不吃晚饭。我们以为他不吃晚饭是因为不想摘下头套,维持神秘的面貌,但其实理由更为简单,就是他在火锅里下了安眠药。等到后半夜我们都熟睡后,蒙面作家将我们转换了房间,猪之间的祝灯灯转移到了鼠之间、鸡之间的王建材转移到了虎之间……以此类推,蒙面作家自己也换到了相应的马之间。这样,等到第二天我们醒来,祝灯灯会穿过长长的走廊,其他人也都会根据昨天的路线走进客厅。但我们不知道的是,这个时候进入的,是走廊另外一端的新客厅。

"我们的房间布局完全一样,里面的摆设也大同小异,房间内没有窗户,只要随身物品还在,就很难发现被换了房间。而且,蒙面作家之所以要将十二个房间根据十二生肖命名、布置,也是在给这个诡计上保险。据我所知,助手的房间根据房间特性具有相应特色,比如猪之间的衣柜里有食物、鸡之间的衣柜里有闹钟、羊之间的衣柜里有衣服……每个房间的门口也会贴上对应的动物标识。只要蒙面作家在换房间的时候,一并将门牌、房间内的事物也替换，哪怕有感觉敏锐的客人醒来后察觉到一丝不对劲，当他看到衣柜里的东西和门牌上的动物后，也会打消疑虑。

"对了，为什么要没收电子设备，蒙面作家真正在意的不是电话，而是指南针。现在的手机里都自带指南针，还有一些软件也有方向标示，来到神秘的黄金馆，每个人都想知道具体方位，打开这些软件后，就算没有网络，指南针和方向指示也会指向正确的方向。可是第一天和第二天，我们的房间做了调整，调整后，每个人会住到另外一侧、呈镜像对称的房间内，指南针就会指向相反的方向。

"我根据这一推理，刚刚在马之间找到了这把钥匙。有了这把钥匙作为证据，意味着我的推理是成立的。"

每个人都在思考着于九鸣的推理。王建材很快就说出了他的感想："这蒙面作家也太累了吧。"

"这就是本格推理和硬汉派推理的区别。硬汉派推理累侦探，本格派推理累凶手。"于九鸣说道，"不过这点累，对蒙面作家来说是值得的，因为只有这样，才能让我们顺利走进新的客厅，发现原本就在那里的这具尸体。"

"这具尸体到底是谁？蒙面作家又为什么要让我们发现他？"张编辑问道。

于九鸣走到尸体前，盯着看了一会儿，然后慢慢抬起头说："如果我猜的没错，他是蒙面作家原来的助手。而蒙面作家之所以要搞这么一出，就是为了找出半年前杀害助手的凶手！"

"啊——"

只有祝灯灯听到了周一非发出的惊呼，但她看不清周一非的表情，这一次也无从猜测他会有什么表情。

"难道是我……误会了老师？"

祝灯灯其实有很多话想说，但在这样的场合，她只是点了点头。

"谢谢你，灯灯，太好了！"明明不是祝灯灯的推理，她只是点了下头而已，周一非却高兴地说，"老师非但不是凶手，而且还想替我报仇，我真是……我不知道该怎么表达现在的心情，真的是死而无憾了。"

周一非的呼吸急促起来，随着体内的气体呼出，他的身影也愈加模糊。

"现在，让我们来回顾一下半年前到今天所发生的事情。"于九鸣接着说道，"半年前的一月九日，蒙面作家举办了一次聚会，客人都到齐后，他却发现自己的助手迟迟没有出现。这时聚会已经开始，如果让人发现自己的助手违背了自我修养，丢下侦探一个人招待客人，他面子上会很过不去。于是蒙面作家假称自己没有助手，心想着顺利度过这次聚会，等第二天再好好教训一下他。

"到了第二天，客人们离去后，蒙面作家来到助手的房间，发现他已经被人杀害。原来助手不是违背了助手的自我修养，而是根本无法出现。很显然，杀害他的凶手，就在昨晚的客人当中。蒙面作家应该想过很多处理方式，比如求助于警察，但最终他选择了最符合黄金时代和本格派的做法，重新召集嫌疑人，亲自找出杀害助手的凶手。

"于是昨天，我们几个半年前聚过一次的老朋友又重聚一堂。蒙面作家临时招聘了一个新助手祝灯灯，当然，对于他的计划，祝灯灯完全不知情。蒙面作家提前在食材中放入安眠药，到了后半夜，等我们全都睡熟之后，他逐一将我们的房间调换，把原先通往客厅的走廊入口关上，再开启另一端入口，然后耐心地等待我们苏醒。

"至此，舞台已经搭好。在这个封闭的环境中，面对突然出现的一具尸体，我们这些侦探会尽力破案，而蒙面作家只须在暗处观察，耐心等待凶手露出马脚就可以了。从猪之间——其实应该是昨天的鼠之间——枕头底下搜出来的那封信，正是蒙面作家写给已经被害的助手的。

"致Z：谢谢你一直以来的照顾与帮助，祝你在另一个世界做回自己。'Z'当然指的是助手，而'一直以来的照顾与帮助'也说明了蒙面作家对于这个助手是相当满意与依赖的，这封信一方面说明了蒙面作家做这一切的强烈动机，另一方面也是为了再给凶手施加一点心理压力。

"可是蒙面作家没有想到的是，凶手也是一位优秀的侦探，心理素质超凡。看到尸体之后，凶手只是短暂地惊慌失措了一下，随后，他居然反过来利用蒙面作家的特征，把我们往'死者是蒙面作家'这一方向误导。"

祝灯灯回忆道："我记得当时第一个说死者是蒙面作家的人是我啊……"

"你确实是第一个说的，但凶手不是你。"于九鸣说，"你是被凶手诱导，才会说出这个结论的。"

"我记得……"张编辑插话道，"当时……"

在场的人纷纷想起了当时的情况，众人的视线逐渐聚集到坐在餐桌旁的马行空身上。

"半年前，杀害助手的凶手就是你，马行空。"于九鸣指着马行空说道，"王建材发现尸体，将我们集中到客厅后，你一马当先，抢在所有人前检查起尸体来，当时你一个人蹲在地上面对尸体，想必内心一定很煎熬吧。不过你很快想出了对策，你大声问我们尸体是谁,直到找到祝灯灯这个完美的回答者。你有意把我们往死者是蒙面作家的方向引导,而祝灯灯、王建材是第一次来这里,自然会很轻易地认定死者就是蒙面作家。果然,聪明的祝灯灯说出了你想要的答案,而愚……没那么聪明的王建材,则吓得瘫倒在地。所以后来你骂王建材是'废物',并不是因为他晕血,而是因为他没能被你利用吧?等祝灯灯说完死者是蒙面作家,再加上我说蒙面作家不在房间内,这时候所有人都已经在心里认定了死者是蒙面作家,达到目的后,你就从尸体身边离开了。

"不过到这里还没结束,让我们误认为死者是蒙面作家只是一个开始,想要让这件事彻底画上句号,你必须展开一段虚构推理,把这起虚构案件给破了。所以,你一边努力寻找开门的钥匙,一边挑衅我们展开推理战,最终,你用一个看似没有漏洞的推理指控了祝灯灯。在我们所有人当中,祝灯灯来历不明,没有背景,又是女生,你应该觉得她很好欺负吧?要不是后来搜出了那封信,我确实也不知道该如何入手去推翻你的推理。"

"他不是蒙面作家的助手!"

马行空的吼叫打断了于九鸣滔滔不绝的推理。只见他脸色惨白地站起来,摇摇晃晃走到角落,指着尸体对于九鸣大声说:"于九鸣,你一派胡言!我看得很仔细,长相完全不一样,身材也要更瘦!"

"这具尸体毕竟被蒙面作家保存了半年,我不知道他用的是什么方法,但我想容貌和身材因此发生了改变也很正常吧。"于九鸣露出一丝笑容,说,"不过,马行空,我之前的推理没有半点证据,倒是你刚才这番话,主动承认了你是凶手哦。这位助手,半年前聚会开始前就已经被害了,谁也没有见过他,那么你又是从何得知他的长相的呢？"

马行空脸色大变，极力辩驳道："我是诡计小天才马行空，他只是一个默默无闻的助手，我们无冤无仇，我为什么要杀他？"

"侦探只需要还原案情，找出凶手就行了，累赘的动机说明部分，实在是画蛇添足——这是你说过的话——但既然你有这个需求，那我不妨模仿你把动机也说一下吧。因为你的动机，也始于一个词——模仿。"于九鸣看向居明辉，"这还要多谢居老师提供的信息。从居老师的口中，我们得知半年前你还是他的助手，虽然心怀大志，但没有正式出道。你最钟爱的偶像是蒙面作家，为了模仿他，你在外面租了一个地方，伪装成黄金馆，戴着头套过蒙面作家的瘾。

"半年前，你作为居明辉的助手第一次来到真正的黄金馆，在这座你平日里模仿致敬的本格圣地中，你自然不会浪费时间。于是你趁人不注意，偷偷溜进了蒙面作家的房间。在他的房间中，你幻想自己就是那个受世人敬仰爱戴的神探，甚至戴上了他的头套。可是这一幕被蒙面作家当时的助手看到了，你很心虚，摘下了头套，想解释，但助手的表情让你意识到你闯大祸了。你身为助手，不仅没遵循做客的礼仪，还不遵守助手的自我修养，贸然闯进黄金馆主人的房间，还戴上了他的头套。这一切如果被揭发，你就彻底完了。

"但你不能在这个时间点完蛋，你准备了那么多年，忍受了那么多年，总算有了一些积累和沉淀，正要写一本有三百个密室诡计的作品出道。你要向居明辉证明自己，你要向世人证明自己，这是支撑你活到现在的最大理由。所以，你选择袭击眼前的那位助手。只要他死了，你就还不算失败。"

"胡扯！胡扯！胡扯！"马行空气急败坏地叫道，"这都是你编出来的！我没做过！"

"马行空！"

居明辉突然吼了一声，马行空瞬间安静下来。"马行空，我就问你一句话，这个人，是你杀的吗？"

"我……他的推理不对……你听我说……"

"侦探必须是正面形象。如果你做了，就认。"居明辉站起身，一步一步走到马行空跟前。他从腰带上解下钥匙串，握住上面挂的瑞士军刀，将锋利的刀刃压在马行空的喉咙口，"我最后问一遍，人是不是你杀的？是，还是不是？"

马行空的喉结动了一下，然后说道："是……"

居明辉的肩膀突然塌了下来，好像一瞬间被人抽空了力气。他不发一语，收起钥匙串步履蹒跚地走回餐桌旁，坐了下来。

"助手也是活生生的人，不应该为了侦探的成功而无故献身。"于九鸣走到马行空身前，将一只手放在他的肩膀上，说道，"其实，当时在他眼里，你并不是马行空。"

马行空瞪大了眼睛。

"从来没有人见过蒙面作家的真面目。他在蒙面作家的房间，看到一个戴着头套的人。"于九鸣柔声说道，"那么在他的眼里，你就是蒙面作家。"

祝灯灯听到哭泣的声音，他转过头，发现是周一非在哭。不过他已经快和空气融为一体，不仔细辨认根本看不出来他还存在。他抽动着，完全看不清楚的脸上第一次流下了清晰可辨的泪水，而随着泪水的滑落，他迅速变小，几乎看不到了。

——蒸发。

祝灯灯的脑子里蹦出来这样一个词。

之前每一次周一非都是忽然消失,虽然也会给祝灯灯留下空落落的感觉,但更多的是措手不及。她知道只要再多吃一点东西,周一非还会忽然出现,到时候又是一个措手不及。但这次不一样,这次周一非的退场方式并不是忽然消失,而是一点一点分散、蒸发,比起之前几次,这一次算是漫长的告别,但漫长同时也就意味着这次是真真切切的、不可逆转的告别。

"周一非,这个答案,是你想看到的吧?"

周一非没有回答,但祝灯灯感觉他飘飘荡荡地贴在了自己身上,像给了她一个拥抱。

泪水滴在祝灯灯的肩膀,转瞬之间就消失了,衣服上也没有留下任何痕迹。但祝灯灯能感受到泪水滴落下来那一刻的微弱重量。

"再见,灯灯。"祝灯灯耳边传来近在咫尺又缥缈虚无的声音,"我很满足。"

祝灯灯也附在周一非的耳边(她猜的),轻声说:"我不会忘记你的。"

"我也是。"

"白痴,我是带着恨意说这句话的。"祝灯灯笑着说,"我帮了你,你却没为我做过什么事。"

周一非也笑着说:"可惜我没时间啦。"

"你可以帮我吹一下上面的帘子吗?这样我们就扯平了。"祝灯灯指着升到天花板附近的帘子说道。

"这么简单?"

"你都要走了,我这属于清仓型愿望。"

随后,周一非更加用力地抱了她一下。祝灯灯这次切身感受到了这个拥抱,就像突然被阳光晒到,但或许只是心理作用。

"真有趣啊。"

周一非说完这句话,离开祝灯灯的身体,缓缓升到空中,对着帘子吹了一口气。随着最后一口气的呼出,周一非彻底消失了。

这一次,没有人注意祝灯灯的自言自语,于九鸣用钥匙打开了通往外界的门,客人们鱼贯而出。于九鸣站在门口,看着大家陆续走出去,最后对祝灯灯说:"祝灯灯,走了。"

祝灯灯依然保持着仰头的姿势。

"祝灯灯?"于九鸣朝她走了几步,再次催促道,"在看什么呢?"

于九鸣当然什么都看不到,一切和原来一模一样。祝灯灯也不会说,就在刚才,有一个灵魂消失了。就在刚才,帘子飘动,露出里面被遮住的一面破碎的相框。

"真的很有趣啊。"祝灯灯心不在焉地说。

5

傍晚六点,正是饭店最热闹的时候,姜千兰却已将打烊的牌子挂上。

祝灯灯乖乖地坐在餐桌旁,姜千兰警告她什么都不许做,等着吃饭就行。祝灯灯刷了一会儿手机,没看到什么有趣的新鲜事,于是她放下手机,看着姜千兰一张一张擦桌子。

看了一会儿,祝灯灯问:"今天怎么打烊这么早?生意不好做?"

"生意好着呢。"姜千兰没有停下手上的活儿,头也没回,"可你爸说吃饭要规律点,别天天半夜才吃。"

"这么多年的习惯突然改变,这才不规律吧。"

"谁让你过两天就要出国了呢?"

祝灯灯心想,又来了,母亲的神逻辑又来了。

"老爸在里面做什么呢?"

"反正是你爱吃的。"

"对我这么好?"祝灯灯打趣道,"我记得打烊了再吃饭,得付三倍价格吧?"

姜千兰白了她一眼。"是啊,以后要还的。"

"我还是先替你擦两张桌子,能还上一点是一点吧。"说着,祝灯灯准备站起身来。

"坐着别动!"姜千兰赶紧说,"我都擦完了,你别添乱。"

这时,祝伯彬从后厨出来了,把一个热气腾腾的铜锅放到祝灯灯面前的桌上。

"这是什么?"

"火锅。"祝伯彬说。

"我知道是火锅,但是为什么火锅会出现在这里?"祝灯灯说,"老爸,你手艺这么好,做火锅是不是屈才了?这火锅连我……都会做啊。"

"食物嘛,没有厨师做得好坏之分,只有客人爱不爱吃。"

"我已经不爱吃了。"

"祝灯灯!"姜千兰横眉说道,"我看你就是不爱在家吃饭。你爸炒菜,你要溜出去吃火锅,你爸做火锅了嘛,又想吃炒菜了。"

祝灯灯无奈地说:"我这不是吃腻了嘛。"

"刚好是今天?这么巧?"

祝伯彬哈哈一笑,对姜千兰说:"没事,吃火锅不妨碍炒菜,我再去炒两个。灯灯，想吃啥？"

姜千兰说："你也是，太惯她了。到时候她一个人在国外，谁来宠她啊？"

祝伯彬已经站了起来。"灯灯，想好吃什么了吗？地三鲜？"

"太好了，谢谢老爸。"祝灯灯说，"再来……炒个芹菜吧。"

"芹菜？"祝伯彬愣在原地，"太新鲜了。"

"不新鲜，总要尝一尝的嘛。"祝灯灯说，"提前体验在欧洲没有美食的生活。"

"我是说今天的芹菜太新鲜了，保证好吃。"说完，祝伯彬一脸喜色地钻进了厨房。

祝伯彬走后，姜千兰盯着祝灯灯说："不对啊，我女儿被调包了？"

"你女儿只是长大了。"

"那还是调包省心一点。"姜千兰说，"你这两天到底打的什么工，变化也太大了。"

"有吗？我怎么觉得没什么变化。"

"直接连饮食结构都改了，还没变化？真要长个三头六臂出来我也受不了。到底什么工作？"

"说白了就是受人委托解一道题。"

"家教？"

"嗯……"祝灯灯歪着头想了想说，"比家教难一点吧。"

"我听着比家教简单啊。"姜千兰说，"那题解开了吗？"

"算解开了吧。"

"听着不是很确定啊。"

"食物嘛，没有厨师做得好坏之分，只有客人爱不爱吃。"祝灯灯说，"这解题也差不多。"

"爱吃和不爱吃的都来啦。"祝伯彬一手一个盘子走了出来，打断了母女间的对话。

地三鲜和炒芹菜都放在了祝灯灯的面前，铜锅也已经烧开，姜千兰将羊肉片放到里面涮了起来。

祝灯灯夹起几根芹菜，凑到鼻子前闻了下，一股芹菜独有的气味扑鼻而来，她不禁皱起眉，心想光闻这味道就已经有点受不了了，真不知道为什么世界上有人爱吃芹菜，爱吃到死了之后都念念不忘。

"别闻了，直接吃就行。"姜千兰看着祝灯灯说，"不好吃就当是进了别人的胃。"

"本来……还真是别人的胃。"

祝灯灯将芹菜放入嘴中，并未多加咀嚼就咽了下去。姜千兰把刚刚涮好的羊肉放入了她的碗中。一股泥土和菜根混合的味道逐渐在口腔中蔓延开来，她赶紧把羊肉夹进嘴里，嚼了起来。

"是不是挺好吃的？"姜千兰问。

"如果问的是羊肉的话，确实挺好吃。"

接下去，祝灯灯再也没有碰过一筷子芹菜，三人就这样一边聊着闲天，一边吃着晚饭。吃饭的时候时间走得很快，不知不觉火锅的水已经添了好几次，祝灯灯也感觉饱了。不过胃里饱，她的心里反而有种空落落的感觉。

忽然，手机震动了一下，她打开，看到是安茜发来的短信。短信上说马行空已经在居明辉的陪同下去警察局自首了。祝灯灯回复道："知道了，谢谢。明天的约会不要忘了哦。"

"不会忘的，明天见！"安茜很快回复。

姜千兰看祝灯灯玩起了手机，说道："吃完了吗？吃完我收拾了。"

"嗯，饱啦。"祝灯灯说。

"明天想吃什么？"祝伯彬问。

"明天我约了朋友出去，不回来吃饭了。"

姜千兰抱怨道："怎么又约了，去哪儿啊？"

"迪士尼。"

姜千兰听到这个答案更惊讶了。"杭州没有迪士尼吧？"

"上海。"祝灯灯说，"早上去，晚上回。"

姜千兰眨了眨眼，问："和哪个朋友啊？"

"说了你也不认识。"

"男的？"

"男女都有。"祝灯灯说，"就是我这两天打工交到的新朋友。"

"这么短时间就交到可以一起出去玩的新朋友了？"

"我不是人见人爱嘛。"

"这么看来，你到了国外应该也能很快交到新朋友。"祝伯彬说，"那我就放心了。"

"那我就担心了！"姜千兰紧张兮兮地说，"迪士尼有什么好玩的，不就是一些戴着头套的人假扮一个角色，大家纷纷假装这里不是现实世界嘛。"

"还有烟花呢。"祝灯灯补充道。

6

"烟花表演还有半个小时开始，请各位……"

乐园的广播中传来烟花表演的通知和注意事项，此时天已经黑了下来，游客们纷纷往主城堡方向移动。

"我们也去占个好地方吧!"王建材开心地伸出双手。

于是,安茜推着王建材的轮椅走在最前面,祝灯灯和于九鸣跟在他们身后,顺着人流往前行。

这一整天祝灯灯都玩得很开心,本来以为王建材腿脚不便会影响游玩,没想到非但没有错过任何游乐设施,反而大部分时候他们都不用排长长的队伍。迪士尼的工作人员一看到有坐着轮椅的游客,都会将他们带进快速通道,作为同行者,祝灯灯他们也享受到这份待遇。

这也是祝灯灯喜欢迪士尼的理由之一,全中国有许多残障人士,但平时走在街上却基本见不到,就连祝家小馆也鲜有残障人士来用餐。如果麻痹大意,会简单地认为这个社会上没有生活不便、需要额外帮助的人。但其实不是没有,而是他们不敢出门,只要一出门就会发现身体残障给自己及他人带来许多麻烦,这又会造成新的心理创伤。虽然诚如姜千兰所言,迪士尼是一个假装存在的世界,但在这个虚构世界当中,至少残障人士会得到真实的厚待。

王建材买了一对发卡,将装饰有米奇的那一个戴在自己头上,绑有米妮耳朵和大蝴蝶结的发卡戴在了安茜头上。除了去洗手间,两人从头到尾都没有分开过,不管何时都有说有笑。

与之相对的,于九鸣和祝灯灯虽然也很快乐,但多少显得有些寂寥。

"于老师,你饿吗?"祝灯灯没话找话道。

于九鸣穿着一件有很多口袋的衣服,一只手插在衣服口袋中,另一只手从兜里掏出一包烟,潇洒地说:"我有吃的。"

"园区里不能吸烟。"

"都是污染环境,为什么烟花能放,烟却不能吸?"于九鸣反问道。

"可能是因为只有抽烟的人能感受到香烟带来的快乐,其他人会反感。而烟花是能给所有人带来快乐的。"

"有道理。"

于九鸣将香烟放回口袋中,安茜和王建材在前面停了下来。

他们已经来到主城堡的正前方,这里是整个园区欣赏烟花最佳的地方。前方的人流不再前进,而身后还不断有游客往前挤,四人很快被人潮包围起来。祝灯灯不喜欢人多的地方,相比热闹她更偏爱宁静,但此刻身边围绕着各式各样的人,却不让她反感。在这里,每个人的情绪和目的是一致的。他们有男有女,有互相搀扶的老人,也有骑坐在父亲头上的小孩,大家不同肤色、不同种族,对世界有千差万别的认知,或许还有互相敌对的信仰。他们来自不同的地方,受过不同的教育,处于不同的阶层,这辈子都不会互相认识,但奇妙的是,他们以如此融洽的方式聚集在同一块地方,使用名为笑容的语言,眼神中透出同一份期待,当城堡上空绽放起烟花,他们还会异口同声地欢呼。

所谓国际化,最终不就是想完成这样的使命吗?

不过祝灯灯也清醒地认识到它是有时效的,当烟花放完、乐园关闭、玩偶们摘下头套,所有人都会回到现实世界。那么这一段短暂的快乐到底是救赎,还是欺骗呢?

"在想什么呢?"

于九鸣的问话打断了祝灯灯的思索。

"啊,我在想……虚假的美好究竟有意义吗?"

"沙雕问题。"

"嗯?"

"沙雕就是虚假的美好啊。"于九鸣笑着说,"一切都是假的,是人为营造的,但却能给孩子带来真实的快乐。我认为有意义。"

祝灯灯点点头。

"灯灯,送你一个礼物!"

这时,王建材突然转过头说道。他在身后的书包里面翻找了一会儿,然后将一个御守递到祝灯灯手中。

御守上写着"学业有成"四个字。

"你过两天就要出国留学了,祝你一切顺利。"王建材说,"我想了好久,不知道该送你什么,希望你喜欢。"

"谢谢。"祝灯灯说,"没想到你这么有心。"

"是啊,太有心了,真的想了很久。"王建材说,"才想到这么礼轻情意重的礼物。"

"主要是礼轻吧!"祝灯灯笑着说。

"嘿嘿,因为要送好几个嘛,我没那么多零花钱。"王建材又从包里拿出一个御守,"于老师,这是给你的。"

于九鸣道谢后接过,祝灯灯看到上面写着"健康长寿"。

"于老师,谢谢你对我的照顾。"

"你接下去有什么打算?"

"我接下去会好好学习,储备知识,为了成为一名优秀的侦探而努力!"

祝灯灯惊道:"你还想做侦探?还没死心啊。"

"我的目标一直很明确啊,怎么会死心。"王建材说,"而且这次黄金馆的体验给了我很多启发,居老师的'侦探必须是正面形象'、马行空对于侦探的执着与热忱,以及于老师教会我如何善待助手,都让我学到了很多。还有,祝灯灯,你以后不要再叫我王建材了。"

"只叫你建材?"祝灯灯说,"做梦!"

"不，我会以本名出道，所以你们都要叫我慕容建材，或者慕容老师。"

"哈哈哈哈。"于九鸣说，"慕容老师，好名字啊，不知你有没有合适的助手人选？"

王建材红着脸，拉了拉安茜的袖口。"安茜答应我……会做我的助手。"

安茜落落大方地说："我可没答应啊，还得看你能不能当上侦探，以及当得怎么样呢。我的衡量标准可是情感大师苏会凌哦。"

"对了，安茜。"祝灯灯问，"那苏老师她……"

"苏老师已经在《职业侦探》上宣布退休了。"于九鸣替安茜答道，"她公开了自己的病情，并且承认之前假装坐轮椅以及隐瞒病情的事情，最后宣布封笔。真没想到啊，苏老师这样的侦探，居然也会主动宣布退休。"

安茜补充道："不过情况比苏老师预料中要好，非但没有读者骂她，反而还收到了很多感谢信，说谢谢她曾经给大家带来了那么多优秀的侦探小说。我去她家的时候，小明——还记得吧，就是苏老师的儿子——正在给她读信，也不知道苏老师神智是不是还清醒，反正一会儿笑一会儿哭的。"

"于老师，你刚刚说的《职业侦探》是什么？"

"灯灯你不在行业内，不知道也正常。就是业内的一份报纸，说报纸也有点太正式了，类似于……我手上这份导览手册吧。"于九鸣扬了扬手中的迪士尼乐园导览手册，"不是正规出版物，只介绍介绍目前行业内的动态，不定期更新一些活动、新闻之类的。"

"真有趣啊。"

"是啊，真的很有趣。"

也许对于九鸣来说，这段对话的结尾很潦草，像是一个人对不熟悉的领域敷衍了事的赞美，总之说"有趣"是没错的。但对祝灯灯来说，这句不经意的话又勾起了她的回忆。

"真有趣啊。"

周一非留在这个世界上的最后一句话是什么意思呢？对这几天的经历的总结？因为得到了满意答案的欣慰？还是和刚才一样，只是单纯地、敷衍了事地、不经意地、脱口而出地表达对一个不熟悉的事物的看法？

不管是什么意思，祝灯灯已经无从得知了，但她觉得这样不坏。

"烟花表演还有十分钟开始，请各位……"

喇叭中再次传来提醒的声音，人群骚动起来，每个人都迫不及待，满脸兴奋。不少人早早架设好录像机和手机，想要完整记录整场烟花表演。

"唉，我刚发现我什么都看不到啊。"

王建材努力伸着脖子嚷嚷道。

他们前方有好几排游客，祝灯灯的视线越过头和头之间的缝隙，不踮脚只能看到主城堡的上半部分。烟花会绽放在空中，理论上所有人都能欣赏到，但还有与之相配的照射在城堡上的灯光秀，对于坐在轮椅上的王建材来说，肯定是看不到的。

"我推你去前面吧。"安茜说完，回头问，"于老师，灯灯，你们要一起去吗？"

"我就不挤了吧。"祝灯灯说。

于九鸣也说道："你们去吧，当心点。"

安茜一路不停说着抱歉，推着王建材慢慢往前挤，最后消失在人群中。他们走后，前面空出来的位置很快就被一对年轻情侣补上了，此时两人兴高采烈地在自拍。

祝灯灯有点不安地挪动了下身子，于九鸣没有说话。在周围热闹的衬托下，两人的沉默显得更加尴尬。

最终，于九鸣先开口了。

"灯灯，只剩下我们两个人了，你有话对我说吧？"

祝灯灯看着于九鸣，发现对方露出和往常一样的和蔼笑容。"于老师……被你看出来啦。"

"是啊，好几次了。要不是王建材和安茜在，你早就说了。"于九鸣说，"没关系，其实他们在也无所谓，有什么想说的就说吧。"

"嗯……"祝灯灯沉默片刻，然后鼓起勇气说，"之前你在黄金馆里的推理，都是瞎编的吧？"

"哦？为什么这么说？"

"因为真正的杀人凶手，是你啊，于老师。"

7

于九鸣的表情没有任何变化，就像祝灯灯说的话都在他的预料之中。

"这么说来，我的推理被你推翻了？"

"恕我直言，你的推理根本就是无稽之谈，稍微推敲一下就摇摇欲坠了。"祝灯灯说，"你说黄金馆有两个一模一样的客厅，但推理结束后你直接让我们离开了黄金馆，另一个客厅是否存在我们都没去检查。而且，确实存在保存尸体半年不腐坏的方法，但半年之后尸体还有弹性，连流出的血液都还很新鲜，这样的方法就不多了吧。我不认为蒙面作家拥有如此专业的存储尸体的技术,黄金馆内也没看到这样的器材。还有,为了找出杀害助手的凶手,何必等上半年?过三天、一周就能再次召集客人了吧?半年的时间,除了给尸体保存增加难度,还夜长梦多,凶手很有可能就此销声匿迹。找凶手的方式也很奇怪,半夜给我们所有人下了安眠药,费那么大力气一个个连人带物转移房间,为什么不直接把尸体搬到原本的客厅?而且做完这些事情之后,蒙面作家又一个人躲了起来,那他怎么观察我们的反应和举动?怎么判断谁才是凶手?他不可能想不到,馆内出现了一具尸体,而自己又消失了,很容易让人联想到死者就是蒙面作家本人——这可不是他想要看到的结果。以上只是一些最基本的疑惑,细节处还有更多经不起推敲的地方,于老师,你的推理真的很像沙雕,乍看之下像那么回事,但风一吹、浪一拍、随便用手触碰到哪个地方,它都会坍塌。"

"灯灯,世界上没有哪一段推理是经得起推敲的。"于九鸣说,"哪怕是那些经典的推理、著名的侦探,也都是沙雕,杯子放在左边就是左撇子?不,有可能就是随手一放。鞋子太小就是抽出了鞋垫?不,有可能那个人就是喜欢穿不合适的鞋。垫椅子就是身高不够?不,有可能就是为舒服,莫名其妙垫了椅子。你看,没有一个推理是绝对站得住脚的,推理说到底,只不过是虚张声势,让凶手紧张、害怕、崩溃,这才是推理的作用。而马行空已经承认了自己是凶手,并且去警察局自首了,这就说明我的推理是正确的。"

"结论正确并不代表推理正确。"祝灯灯说,"马行空确实在半年前杀了人,但这和前两天发生在黄金馆的案件没有任何关系!"

于九鸣微笑着，似乎在鼓励祝灯灯继续往下说。

"于老师你真的很厉害。我还没有说我的推理，你就先否定了推理的意义。我承认你说得有道理，任何推理，还原的都只是一种最大的可能性，但并不能排除偶然。而且推理必须假定所有人都遵循逻辑行动，但几乎所有人都有不合逻辑、莫名其妙的时候。"祝灯灯说，"即便如此，马行空自首的结果是确定的，你就当听一个故事，听听我这个外行人是怎么看这起事件的吧。"

"你一点都不外行，你很聪明。"于九鸣说，"我洗耳恭听。"

"首先，我想问于老师，你是根据什么线索推理出有两个客厅的呢？"

"遗失的卷帘把手，还有房间高度。"

"但我刚才说了，我否认'有两个客厅'的结论，蒙面作家没有必要大费周章搞这些事情，而且直到最后我也没有真的看到两个客厅。应该往最简单的方向考虑——客厅只有一个，我们的房间也没有变换。"祝灯灯停顿了一下，然后说道，"只不过，墙壁上所有的东西都下降了一点。"

于九鸣皱起了眉头。

祝灯灯继续说道："我们回忆一下客厅的布局。四面墙壁，其中连接走廊的那一面一片空白，只有一个时钟挂在墙上。另外三面墙壁则被帘子遮住，这些帘子由同一个升降轴控制。我第一天进入黄金馆的时候，三面帘子全部都遮着，是我转动把手把它们升到了上面。以我的身高，站在墙边的时候，头顶距离帘子差不多一米。然后当天晚上，有人转动把手，把三面帘子下降了一点，比方说下降了二十厘米。于是第二天，我站立的时候头顶距离帘子就只有八十厘米了。人不会以头顶上的天花板做参照，而是会以更加具体、离得更近的参照物作为参照，所以在苏会凌的眼中，我们在第二天都长高了。于老师，这个结论比换客厅简单吧？只是简单地下降帘子，就能造成房间变矮、人长高的错觉。"

"可是这里有一个问题，帘子只有三面，还有一面如果只是空白的墙壁倒也还好，可关键那一面上挂着时钟。"

"对啊。"于九鸣说，"如果时钟还在原处，那么就算其他三面墙壁的帘子下降，也不能误导视觉。"

"很简单。那就说明，时钟也下降了。"祝灯灯说，"四面墙壁上所有的装饰物都整体向下降，才会造成整个房间变矮的错觉。"

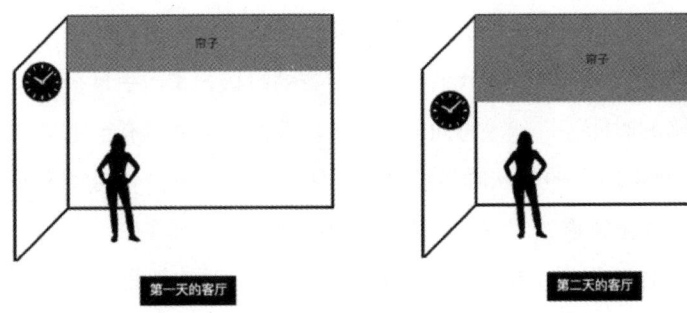

于九鸣轻笑一声，说："灯灯，如果真的是这样的话，那就又不简单了。时钟挂在墙壁上，依靠的是嵌进墙里的钉子，如果想要让时钟往下移，那就必须在下方再凿一个钉子。而且，时钟下降后，原本在上方的钉子就会裸露在外，可是现场并没有发现哦。"

"将时钟向下移动并不需要再凿一个钉子，只需要将时钟转动一百八十度即可。客厅墙壁上的时钟只有十二个刻度和两根指针，就算掉转一百八十度，看起来也不会有什么问题。"

固定时钟的钉子

第一天的时钟　　　　第二天的时钟

于九鸣反驳道："虽然乍看之下没什么问题，但是时间完全混乱了吧？比如原来是十点十分，将时钟一百八十度旋转后，就变成了三点四十分。可我们离开黄金馆的时候，拿回手机，就知道正确的时间了。如果时间差这么多，我们不可能没有察觉。"

"我们离开的时候时间没问题，那就说明——倒转时钟之前的时间才是错误的。"祝灯灯不慌不忙地说道，"其实第一天我一直有一种时间混乱的感觉，明明过了很久，时钟却只走了半小时，明明才过了一小会儿，抬头一看时钟，却已经过去几个小时。这种感觉直到第二天才消失，我本来以为是第一次进入黄金馆这样一个封闭的环境不习惯所致，后来才想到是因为时钟颠倒的缘故。

"我想，故意把时钟上下颠倒是蒙面作家的恶趣味吧。他应该是用了膨胀螺丝或者改动了固定钉子的凹槽，这样就算头重脚轻，时钟也能固定住。他建造这座黄金馆的初衷就是希望时光逆流、回到黄金时代。在整座黄金馆中，能知道时间的只有客厅的时钟，这么做也是为了确保让大家认为客厅墙壁上的时钟才是正确的时间。此外，没有人知道黄金馆的地址，每次接客都是蒙面作家亲自驾车去接，客人还要蒙上眼睛，这一切都是为了不让客人估算出整个路程的距离，进而推算出时间，因为他们一旦进入黄金馆，就会面临全新的时间。客人必须上交所有电子设备，之前马行空说是为了不让客人发现有信号和网络，于老师你是说为了不让客人知道坐标和方向，但电子设备最日常、最简单的功能，是显示时间啊。我还记得我在一楼的安检处刚刚掏出手机，还没来得及看一眼，就被蒙面作家一把夺过，扔进了黑箱。他当时害怕的，就是我看到时间。

"而且根据我的观察，蒙面作家换头套是有规律的，他会按照时间来更换十二生肖头套，一点是老鼠，两点是牛，三点是老虎……我面试了两次，第一次是四点多到的，蒙面作家当时戴着兔子头套。第二天是三点多到的，他就戴着老虎头套。随后我跟着他上了小货车，蒙上眼之后抵达了黄金馆。等下车的时候，他已经换上了兔子头套。这说明蒙面作家根据时间原则，在车上悄悄换上了新的头套，我是蒙着眼的，就算他换头套，也不会暴露真实面目。同时，兔子头套也说明当时的时间是四点多，还没到五点。可是当我走上二楼，却发现墙上时钟显示的时间是十点多，远远晚于我本来以为的五点多。我当时还想，难不成是我在车上睡了一觉，而黄金馆又特别遥远，所以不知道时间过去了这么久。可是紧接着，蒙面作家回到自己的房间，换上公鸡头套出门接你们了。这就很奇怪了，蒙面作家肯定是知道时间的，不然也不会在车上将老虎头套换成兔子头套，可是从五点到十点这段时间，他为什么不再换头套了呢？

"如果抛开我的想象，只观察表象，那么直到黄金馆一楼还戴着兔子头套的蒙面作家，在进入二楼后换上公鸡头套就只有一个理由——进入黄金馆二楼后，时间瞬间从四点多跳到了十点多！"

祝灯灯推理的时候，于九鸣脸上始终挂着温和的微笑。祝灯灯一口气说到这里，稍作休息的时候，于九鸣又像在配合似的适时抛出下一个问题。

"好，就算如你所说，第一天和第二天黄金馆里的时钟上下颠倒、帘子也下降了，那这又能说明什么呢？"

"当我发现这一切的时候，紧接着就在思考这一问题，可是想了很久都没想清楚。"祝灯灯说，"我所能知道的，就是凶手在晚上杀完人之后，做了这一系列举动，可是凶手做这些事的理由是什么呢？而且升降帘子的转动轴把手也被凶手藏了起来，就算我们发现帘子下降了，也无法再把帘子重新升起。这么说来，凶手想要隐藏的，说不定就是下降的那一段帘子遮住的东西。

"我们都知道，三面有帘子的墙壁上挂满了裱有侦探小说封面的相框，也就是说，被凶手遮住的应该也是一排相框，可是到底是为什么呢？在你推理的时候，我一直盯着上面那截帘子，想象其后面究竟存在什么必须遮住的东西。直到吹来了一阵风。"

"风？"于九鸣疑惑道，"不可能啊，黄金馆二楼连窗户都没有，风是从哪里吹来的？"

"也许是鬼吧。"

于九鸣苦笑道："也只有这种解释了。这么说来，你看到了帘子后面的东西？"

"对，被遮住的，是一个破碎的相框。而我记得很清楚，前一天的帘子是我亲手升上的，当时墙壁上所有的相框都好端端的。"祝灯灯说，"如此一来，凶手杀完人之后将帘子降下、时钟颠倒、带走把手的理由就确定了——凶手不想让人知道，有人打碎了一面相框。

"现在,问题就变成了凶手为什么要打碎相框。相框里面的画显然不是原因,因为破碎的只是相框本身,推理小说封面依然完好无损。相框是由玻璃制成的,打碎之后会有玻璃碎片掉下来,凶手真正需要的,会不会只是一片玻璃?"

"凶手要一片玻璃干吗?"于九鸣不动声色地问。

"在此之前,我们先来考虑一下死者的身份吧。"祝灯灯没有直接回答,而是说,"死者究竟是谁,大家的推理各不相同,直到我们离开黄金馆,说实话死者的身份也依然没有确认。我们还是把事情往最简单的方向思考,除了蒙面作家之外,黄金馆内的所有人都还活着。死者的体形穿着打扮符合蒙面作家和张编辑,且死者的西装上并没有吊牌,张编辑的西装上是有吊牌的。用观察和排除法得到的结论是,死者是蒙面作家。

"你看,我们从来没有怀疑过死者是苏老师或死者是马行空,只说死者有没有可能是张编辑,或者根本不存在的、杜撰出来的之前的助手?这里又有一个问题,张编辑为什么和蒙面作家那么相像,还穿一样的衣服?之前我从来没有在这个问题上花时间思考过,可是排除一切杂念之后,我发现这个问题非常耐人寻味。长得很像、穿着一样——是不是很像我们常说的情侣?现实中的很多情侣相处久了就会越长越像,其背后的科学依据是他们长时间在一起,饮食习惯、作息规律相同,生活中的方方面面都一起做,所以会越来越像。也就是所谓'夫妻相'。两人穿同样的衣服,除了学校或企业制服之外,还有一种可能就是'情侣装'。这个意外的思路让我觉得值得深入思考,再回想蒙面作家写的那封信。致Z:谢谢你一直以来的照顾与帮助,祝你在另一个世界做回自己。这就更加耐人寻味了,信中的对象Z,我们一直以为是之前的助手，可是这太荒唐了，从头到尾根本就没有出现这个人。而在场的所有人中，姓名首字母是Z的，除了我之外，就是张编辑。'谢谢你一直以来的照顾与帮助，祝你在另一个世界做回自己'，这短短一句话，结合我刚才提到的他们是情侣的思路，是不是很有意思？

"这封信，根本就不是写给死者的安慰信，也不是送给助手的感谢信，而是不折不扣的分手信啊！"

于九鸣微微颔首，但没有说什么。

祝灯灯接着说道："还记得吗？第一天晚上吃饭的时候，蒙面作家摔倒过，当时第一时间冲过去想要扶起他的人就是张编辑。张编辑比在场的所有人都要关心蒙面作家，可是蒙面作家却没有理他，而是拉住了我的手。蒙面作家向我们介绍张编辑的时候没有说名字，而是犹豫了一下说，就叫他张编辑吧。他不是忘记了，而是说不出口那个名字！这些细节都可以用两人其实是一对情侣来解释，张编辑很有可能是以助手的身份待在蒙面作家身边，两人朝夕相处。可是今年蒙面作家下了决心，他觉得两人这样的关系没有未来，长痛不如短痛，所以写了一封分手信，还辞退了张助手。可是他没想到的是，半年之后，原来的助手改行成为编辑，再一次来到他的身边。蒙面作家放弃了这段感情，但张编辑一直没有放弃！

"半夜我和王建材在门口聊天的时候，曾看到张编辑西装革履地离开房间。他当时应该是想到蒙面作家的房间，再次提出复合吧。我不知道蒙面作家看到张编辑这么执着，内心是怎么想的。可能也犹豫过，他和张编辑的感情肯定会引发世人的议论。如果他选择张编辑，那就意味着他必须承受舆论的评价。

"凶手想必也知道蒙面作家的内心很煎熬，于是替他做出决定。为了维护蒙面作家的形象,为了不让这个世界失去一个伟大的侦探,凶手决定斩草除根,杀了张编辑。

"可是我刚才说了,死者是蒙面作家,这说明凶手杀错人了。蒙面作家的形象早已和头套绑定在一起,如果他突然脱下头套,站在我们面前,是不会有人认出他就是蒙面作家的——对凶手来说也是这样。

"让我来还原一下当晚的情况。我和王建材聊完,各自回房间休息后,张编辑再次离开龙之间,敲响了蛇之间的门。随后,张编辑进入蛇之间。两人在房间内发生了什么、说了什么我们不得而知,总之最后的结果是,张编辑走后,蒙面作家没有戴头套就离开房间来到了客厅。而蒙面作家摘下头套离开房间,本身也说明了他终于下定决心,要放弃这个身份了。今天看到的那些玩偶也是这样,在客人面前绝对不会摘下头套,而摘下头套的那一刻,就是他们离开这个身份,回归普通人的时候。蒙面作家就这样没有戴头套,站在客厅的角落,盯着墙壁上挂的侦探小说封面,这些曾让他心动、让他无法自拔、给他带来如今地位的侦探小说,他要向它们做最后的告别。他可能打算第二天向我们宣布一切,和原来的世界说再见了。

"这时,内心也为这一切而焦灼的凶手来到了客厅。在客厅中,凶手看到一个穿着西装、没有戴头套的人背对着自己,欣赏墙壁上的封面。凶手自然以为这个人是张编辑。于是凶手悄悄走到他身后,抓起桌上的铜锅,敲向对方的后脑。等到尸体倒在地上后,凶手才看到他的脸,他发现这张脸不是张编辑,当时就明白自己原本是为了蒙面作家而杀张编辑,没想到却失手杀掉了最想保护的蒙面作家。

"令凶手心寒的事情还没有结束,因为凶手在检查尸体的时候，发现西装上有吊牌！"

说到这里，旁边有个小女孩蹦蹦跳跳地跑来，于九鸣被小女孩撞了一下，差点没有站稳。小女孩的母亲不停道歉，于九鸣却充耳不闻，仿佛周围的热闹都与己无关。

"凶手很聪明，当场就反应过来发生了什么。"祝灯灯回望于九鸣，继续说道，"蒙面作家没有戴头套出现在客厅，说明他已经在心里做好了决定，而这个决定并不是凶手希望看到的。更糟糕的是，蒙面作家此刻穿着的，是张编辑那件有吊牌的西装。这说明在不久前，张编辑和蒙面作家单独相处过，还不小心拿错了衣服。

"事已至此，蒙面作家的死亡已成定局。不过凶手还抱有一丝侥幸，蒙面作家还没有宣布'做自己'之前就死了，这意味着他将永远带着蒙面作家的身份，离世后依然被读者纪念，行业中也永远有他的一席之地，这是唯一的好消息。但坏消息是，等第二天大家醒来后，会发现他穿着有吊牌的西装。为什么蒙面作家会穿张编辑的西装？这样的疑点很容易招来各种解读。

"不。不能允许这种亵渎。所以，凶手在错手误杀蒙面作家后，必须还要剪掉西装上的吊牌。

"可是问题来了，衣服上的商品吊牌有的很难徒手扯断，要借助额外的工具。凶手放眼望去，周围没有任何可以弄断吊牌的工具，凶手找到的替代品，就是相框的玻璃。

"于是，凶手敲碎了墙壁最上方一排的一个相框，用碎玻璃割下了吊牌。处理完吊牌后，凶手将帘子下降一段距离，以此遮盖刚刚被打碎的相框。为了确保这一行为不被发现，凶手又将时钟颠倒，以配合帘子的高度，乍看之下很难发现帘子下降了。此外凶手还把卷帘子的把手藏了起来，就算有人发现，因为没有把手，也无法升起帘子看到后面被遮住的破相框。而经过这一处理，蒙面作家的尸体就不会有奇怪的地方，凶手相信既然人已经死了，张编辑也不会再说出事实，抹黑蒙面作家的形象。

"但恰恰是因为这件事，让我确认了凶手的身份。想要割下吊牌，有很多工具可以用。比如居明辉有瑞士军刀、马行空曾经用匕首想要刺杀我、安茜有帮苏会凌剪指甲的指甲剪、王建材有打火机。至于张编辑，他不需要剪吊牌，直接将自己身上的西装和尸体上的换过来就可以。所以排除以上几位，就只剩下苏会凌老师、我，还有打火机坏了的你，于老师。

"苏老师患有老年痴呆症，很难想象她会是凶手。而我自然知道自己不是凶手。那么唯一符合条件的人是谁呢？你曾说过，你和蒙面作家从小就认识，你们的感情很深，只有你的书他会写推荐语。当马行空说出对蒙面作家不敬的话语时你情绪激动。你住在兔之间，和蒙面作家之间隔着龙之间……

"于老师，你是蒙面作家的初恋女友吧？"

"砰！"

祝灯灯的话音刚落，天空中就传来巨大的爆炸声，人群欢呼起来。一朵烟花在黑暗的夜空绽开，然后分散成无数彩色光带，划过天空，消失不见。

于九鸣的双眼也开始闪烁，她动了动嘴巴，说了句什么，可是接连而至的烟花声将她的声音完全淹没。

也好，就到这里吧。

该说的都说完了，不该说的就留给想象吧。

就像祝灯灯也并没有告诉她其实是周一非用最后一口气吹开了帘子，露出了证据。说到底，在面对这起案子的时候，要彻底将"周一非"剥离，才能窥探到真相。

周一非第一次出现的时候就跟她说过"我房间门口没有地毯",可实地观察过之后,祝灯灯发现红色地毯铺满了整个走廊,所有房间的门口都有地毯。这只能说明周一非生前所在的地方并不是真正的黄金馆,而被他称为老师的人也不是真正的蒙面作家。

模仿蒙面作家,自己租了一个地方伪装成黄金馆,马行空曾做过这样的事。他在玩够了模仿游戏后,终于即将出道,可是周一非意外地看到了他的真面目,如果他接下来再以马行空为名出道,就会穿帮。为了掩盖这一切,他下手杀了周一非。

侦探为了成为侦探,坚定不移地做了那么多诡异的事。从事这份职业的究竟是神圣的天才,还是黑暗的恶魔呢?

对祝灯灯来说,这样的结局也很好。因为周一非,她去了一趟黄金馆,虽然黄金馆根本就不是周一非遇害的地方。结果误打误撞,她又借于九鸣之口,给了周一非最想听到的答案。

烟花表演进入高潮,祝灯灯从背包中拿出饼干,一块一块地往嘴里塞。她知道这么做很奇怪,但她还是不停地吃着。

烟花不是花,但它瞬间绽放的美丽足以让所有人记住。

就像一直到死都认为蒙面作家是自己的老师,虚假,但美丽。

所以,四舍五入,你也算看过烟花了,祝灯灯对着天空默默地说。

刚刚撞了于九鸣的小女孩被她父亲举了起来,她鼓着肉嘟嘟的脸颊,眼睛盯着夜空,兴奋不已地说:"真有趣啊。"

像是在回答祝灯灯。

图书在版编目（CIP）数据

助手的自我修养 / 陆烨华著. -- 北京：新星出版社，2020.8
ISBN 978-7-5133-4097-7

Ⅰ.①助… Ⅱ.①陆… Ⅲ.①推理小说-中国-当代 Ⅳ.① I247.5
中国版本图书馆CIP数据核字（2020）第128402号

助手的自我修养

陆烨华　著

责任编辑：王　欢
特约编辑：赵笑笑
责任校对：刘　义
责任印制：李珊珊
装帧设计：人马艺术设计_储平

出版发行：新星出版社
出 版 人：马汝军
社　　址：北京市西城区车公庄大街丙3号楼　　100044
网　　址：www.newstarpress.com
电　　话：010-88310888
传　　真：010-65270449
法律顾问：北京市岳成律师事务所

读者服务：010-88310811　　service@newstarpress.com
邮购地址：北京市西城区车公庄大街丙3号楼　　100044

印　　刷：北京美图印务有限公司
开　　本：910mm×1230mm　　1/32
印　　张：8.25
字　　数：145千字
版　　次：2020年8月第一版　　2020年8月第一次印刷
书　　号：ISBN 978-7-5133-4097-7
定　　价：48.00元

版权专有，侵权必究。　如有质量问题，请与印刷厂联系调换。